Kadokawa Fantastic Novels
U0075245
億千萬的新娘
為美好的世界獻上祝福！7

……鎧甲女孩啊，
汝顯露出破滅之相。
或許是因為那個
煩人又刺眼的發光女
一直都在汝等身邊
晃來晃去，讓吾難以
看清汝等的未來。
不過為了答謝汝等這次
讓吾大賺了一票，
且讓吾以吾之力量
為汝好好占卜吧。
巴尼爾

阿克婭
……你說破滅之相？
吶，發光女孩該不會是在說我吧？
達克妮絲

惠惠
讓我回去！
拜託你們，讓我回去！
我總覺得有種
不祥的預感！

這次我一定要得到
「屠龍者」的名號！

和真
和、和真，放開！放開你的手！
吵死啦，妳這個蠢女人！自以為是我老婆啊！
那麼喜歡我就直說啊！

誰喜歡你了！
你這個笨蛋！

為美好的世界獻上祝福！

億千萬的新娘

CONTENTS

為美好的世界獻上祝福！7

億千萬的新娘

暁なつめ
illustration 三嶋くろね

Kadokawa Fantastic Novels

Character
絲
阿克婭
惠惠
年齡 18歲
職業 十字騎士
在遭受怪物的攻擊之中得到快感，是專司防禦的女騎士。同時也是大貴族達斯堤尼斯家的千金大小姐。專長是妄想。
年齡 年齡不詳
職業 大祭司
指引英年早逝者的女神。與和真一起以討伐魔王為目標。喜歡的東西是酒，專長是宴會才藝。
年齡 14歲
職業 大法師
紅魔族當中首屈一指的天才魔法師。深受「爆裂魔法」的魅力吸引，只會用這招，也只肯用這招。喜歡的東西是爆裂魔法。專長是爆裂魔法。興趣也是爆裂魔法。
芸芸
年齡 13歲
職業 大法師
巴尼爾
年齡 年齡不詳
職業 大惡魔兼店員
和真
年齡 16歲
職業 冒險者
拖著阿克婭來到異世界，無論是生前還是在異世界都是個繭居族的冒險者。已經放棄討伐魔王這個任務了。
克莉絲
年齡 15歲？
職業 盜賊
艾莉絲
年齡 年齡不詳
職業 女神

序章

「你這個傢伙……你這個傢伙！你這個傢伙，為什麼老是這樣啊！」

「我才想說妳為什麼老是這樣呢！每次都只會罵我，到底是對我哪裡不爽啊！妳是怎樣？該不會只是希望我理妳而已吧？是在耍傲嬌嗎？喜歡我的話就直接說啊！」

趴在沙發上的我維持著原本的姿勢這麼說，讓達克妮絲的眉毛越吊越高。

「我怎麼可能喜歡你這種軟腳蝦繭居處男！什麼話不說偏偏說這種蠢話！看我怎麼整治你這個傢伙！」

「住、住手啦！我正在小心翼翼地擦拭從愛麗絲那邊借來的戒指耶！要是妳對我動粗，害得我弄丟這枚戒指的話，妳要怎麼負責啊？這個東西不是很貴重嗎！」

被達克妮絲掐著領口的我把戒指遞到她眼前，藉以抵抗。

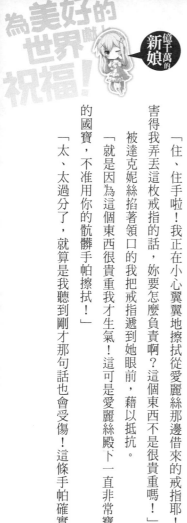

「就是因為這個東西很貴重我才生氣！這可是愛麗絲殿下一直非常寶貝，而且從不離身的國寶，不准用你的骯髒手帕擦拭！」

「太、太過分了，就算是我聽到剛才那句話也會受傷！這條手帕確實是便宜貨沒錯，但我也是盡力在保養滿載愛麗絲心意的這枚重要的戒指啊！」

「我指的不是手帕的價格，問題是你偶爾會拿那條手帕擤鼻涕啊！給我準備一條新的擦拭布來用！」

痛罵我一頓之後，達克妮絲終於放開了我，結果自己也一臉疲憊地一屁股坐到沙發上。

「真是的，跟你在一起真的很累人。好不容易才回到這個城鎮來，結果根本沒有辦法靜下來休息。」

「我才想這麼說好嗎。平常明明老是靠我罩妳，偶爾卻會像這樣一臉正經地對我說教。就算只有勉強跟貴族這個圈子沾上一點邊的程度，妳好歹也算是個千金大小姐吧？我想，妳就算多展現一點溫柔賢淑和千金大小姐的高貴感也不會遭天譴才是啊。」

「勉、勉強沾上邊？你說人稱王國首席參謀的達斯堤尼斯家，勉強算是貴族……！……面對我還可以說出『勉強跟貴族這個圈子沾上一點邊』，甚至『好歹也算是個千金大小姐』這種話的男人，世界雖大，也只有你一個了吧。」

「喂，妳要稱讚我的話可以說得更淺顯易懂一點吧。」

「這不是稱讚。」

背靠在沙發上的達克妮絲拿起放在桌子上的紅茶，喝了一口。

「……這麼說來，你從以前就是這樣的男人呢。在我公開自己的真實身分的時候，你感興趣的也不是我的貴族身分而是名字，真是個奇怪的傢伙。」

「喂，妳在說什麼啊，拉拉蒂娜。就只有妳最沒資格說我是奇怪的傢伙吧。既是不諳世事的千金大小姐，又是冒險者，還是超級受虐狂。到底想要包攬多少角色屬性在身上啊，妳這個貪心女。」

達克妮絲將剛才還在喝的紅茶放到桌上。

「……看來，總有一天我還是得和你做個了斷才行。」

「好啦好啦，改天我們再來一決勝負吧，大小姐。」

隨便哄了一下看起來心有不甘的達克妮絲，我也和她一樣喝起紅茶。

「喔，這個好喝耶。妳明明笨手笨腳的，就只有泡紅茶特別在行嘛。」

聽我這麼說，達克妮絲的心情略為好轉。

「呵呵，雖然我料理的東西你說吃起來味道普通，不過關於紅茶我倒是頗有自信。泡出美味紅茶是有訣竅的，首先溫杯，然後要連最後一滴都倒出來。如果你願意為剛才的粗暴言詞道歉，要我再幫你泡也不是不行喔。」

「我知道了，知道了啦。對不起，我不應該捉弄妳的。為了表示歉意，要是妳成了沒落貴族，我願意僱用妳當女僕。」

「我們家豈會沒落！……真是的，你這個男人真是教人搞不懂。以為你是軟腳蝦，有時又會做出充滿勇氣的行動。有時樂於助人，有時又會和那些奇怪的傢伙一起夜遊，做些讓人無法苟同的事情。到底哪邊才是你真正的模樣啊？」

「我哪有什麼真正的模樣啊。任誰都一樣，心情好的時候就會做好事，心情不好的時候也會想要隨地小便啦。我就是這麼一個普通人。不好意思喔，我不是什麼正經的勇者大人。」

「沒關係啊，這樣也沒什麼不好。不如說，比起王子殿下和勇者大人，我更喜歡普通的男人喔……比方說，像你這樣的男人。」

「唔……喂，妳這話是什麼意思？剛才那是怎樣？惠惠也好，妳也罷，為什麼老是愛說這種模稜兩可的話啊？難道就沒有更清楚一點的，讓處男也聽得懂的說法嗎？」

聽我這麼說，達克妮絲微微一笑。

「你說呢？我這是什麼意思呀？」

說完，她心情愉悅地喝了口紅茶。

第一章 讓暴發戶冒險者也得到安息！

1

——當我們回到阿克塞爾之後，過了好一陣子的某一天，收到了冒險者公會的傳喚函。

「那麼，冒險者佐藤和真先生。這次請您過來所為無他……」

在冒險者公會的櫃檯前，抱著沉重布袋的公會職員大姊姊帶著滿面的笑容對我說：

「這次因為獎金的金額過高，才會拖到現在支付……這些就是懸有重賞的『魔王軍幹部席薇亞』的討伐報酬，三億艾莉絲！算算佐藤先生至今討伐的魔王軍幹部，這已經是第四個了呢！佐藤先生是我們阿克塞爾冒險者公會的王牌！……好了，請收下！」

「「「「喔喔喔喔喔喔喔喔！」」」」

看著這個狀況的冒險者們歡聲雷動。

我對圍觀群眾露出氣定神閒的笑容，同時朝著沉甸甸的袋子伸出手。

「喂喂，你們冷靜一點啦。本大爺解決掉大咖的懸賞對象也不是第一次了吧。真是的，區區三億艾莉絲有什麼好興奮的……………咦？大姊姊，沒關係，妳可以放手了。這袋獎金我已經拿好了，不會掉的。我說……等等……！喂，放手！混帳，把這隻手放開！」

正當我和心有不捨而不願放開袋子的職員扭打起來的時候——

「不過，和真的小隊已經打倒四個魔王軍幹部了啊。一開始我還擔心他們很快就會潰不成軍呢，沒想到現在已經如此出人頭地了。」

「對啊對啊，以前那個小隊連想要好好狩獵蟾蜍都沒辦法，現在和真已經是這個城鎮名列前茅的富翁兼成功人士了。真是世事難料啊。」

公會裡到處傳出冒險者們這樣的意見。

「不，我從以前覺得和真是在必要的時候會有所表現的男人。」

「你之前明明就說要賭和真他們的小隊何時會全滅不是嗎？……話說回來，和真還真的很厲害。他的職業可是人稱最弱的『冒險者』耶。裝備也不是什麼了不起的貨色，卻還是能夠和魔王軍的幹部分庭抗禮，更是厲害啊。」

我小心翼翼地抱著好不容易才搶過來的獎金，轉頭看向依然在對我議論紛紛的群眾。

然後……

「真是的。喂喂，你們那樣吹捧我，我也不會有任何表示喔……頂多只能請你們喝這間店裡最貴的酒而已啦————！」

我一臉得意地這麼說，公會裡的大家接著歡聲雷動。

「唔喔喔喔喔喔喔，和真先生好帥呀啊————！」

「呀——！和真先生好棒，娶我吧！然後養我一輩子！」

「阿克塞爾的第一暴發戶！」

「不愧是只靠運氣的和真先生！」

「哈哈哈，再怎麼誇獎我也不會請你們更多……唔……喂，剛才說我是只靠運氣的和真先生的是誰啊，除了運氣之外我還有很多特長好嗎！」

我來到這個地方之後，差不多過了將近一年吧。

這個時刻終於來臨了。

沒錯，我的時代來臨了。

「——真是的！和真真是的！我們還在擔心你怎麼還不回來，結果竟然瞞著我們在舉行宴會是怎樣？幸好我們有過來看！」

在嘈雜聲比平常大上兩成的公會裡，坐在我對面的阿克婭這麼說。

「這麼晚還沒回去的我是有錯，不過說我們小隊被公會傳喚肯定是因為壞事，所以叫我自己來公會的明明就是妳吧。喔，妳看妳看，冰到透心涼的深紅啤酒送來啦。來吧，先大口灌下去再說啦。」

我將原本叫來自己要喝的深紅啤酒，放在噘起嘴的阿克婭面前。

「等一下，要是你以為灌我酒就可以讓我的心情好轉可就大錯特錯了喔！惠惠可是擔心到像熊一樣在家裡走來走去，每隔五分鐘就會說『還沒回來耶……』什麼的，達克妮絲也不停唸著『是那件事嗎？愛麗絲殿下果然還是察覺到義賊的真面目了嗎？啊啊，怎麼辦，該如何是好……』之類的在那邊抱頭苦惱！……噗哈——！喂——再給我來一杯深紅啤酒——！」

狂拍桌子，嘴裡還振振有詞的阿克婭一口氣喝光了冰涼的啤酒之後，又續了一杯。

坐在我身邊一點一點淺嚐著酒的惠惠說：

「不過，難得是因為好事被傳喚，真是太好了。阿克婭本來提議要不要來賭到底是好消息還是壞消息，還說『我下注三千艾莉絲，賭和真做了很嚴重的犯罪行為，現在已經在公會遭到逮捕了』呢。」

喂。

「然後，她還說要先收好行李，以便當和真真的被捲入什麼麻煩時可以開溜。放在阿克婭腳邊的那個大背包就是證據。」
聽達克妮絲這麼說，我確認了一下放在腳邊的東西，然後對著開心接過續杯深紅啤酒的阿克婭開口痛罵：
「妳這個傢伙還敢說擔心我，開什麼玩笑啊！這個背包是怎樣！喂，把妳加點的那杯深紅啤酒給我！」
「不要，你自己點一杯新的！而且，我真的有一點點擔心好不好！因為，要是沒有和真在的話很多事情都會很麻煩耶！比方說……！比方說啊……比方說……？達克妮絲，要是沒有這個人在的話，對我們會造成怎樣的困擾啊？」
「開什麼玩笑啊，妳這個傢伙！妳以為我平常幫妳們收拾了多少爛攤子啊！看來是時候好好教訓妳一頓了，跟我到外面去啦！」
「啊，你在拉哪裡啊！我的神器會變形啦，住手！快住手！」
我抓著羽衣試圖將阿克婭拉到外面去，她則是不斷拍打我的手加以抵抗。
「真是的，為什麼愛麗絲殿下會看上這種吵鬧又不穩重的男人呢……不過，我想只是因為覺得新鮮，加上一時興起就是了……」
坐在阿克婭身邊的達克妮絲，一面品味著玻璃杯裡的葡萄酒的香氣，沒好氣地這麼說。
在王都發生了許多事情。

像是和其他冒險者們一起防禦魔王軍的襲擊。

像是保護貴族的財產，免受大鬧王都的賊人竊取。

像是在不為人知的狀況下，暗中解決迫在眉睫的國家危機。

還有最重要的，就是我有了愛麗絲這個可愛的妹妹……

「不知道愛麗絲過得好不好啊……真擔心她會不會在夜裡寂寞到哭出來……對了，拜託巴尼爾做個跟我長得一模一樣的人偶好了。我記得他說過會在半夜發出笑聲的巴尼爾人偶是熱賣商品對吧。叫他幫我做個會在半夜發出笑聲的和真人偶，送去給愛麗絲好了。這樣一來她在夜裡也不會寂寞了。」

「喂，和真，你千萬不可以送那種詭異的東西！如果是書信之類的還可以動用我的關係幫你送給殿下，千萬別送那種東西！要是一個弄不好可能會被當成恐怖分子啊！」

2

就像這樣收到公會提供的獎金之後，過了一個星期。

最近不斷出遠門的我們，充分享受了睽違已久的阿克塞爾生活。

「——喂，這道菜是誰做的！告訴做出這道菜的主廚，葬送為數眾多的懸賞對象而引起熱烈討論的冒險者，佐藤和真在叫他啦！」

「告訴主廚大祭司阿克婭小姐也在叫他啦！」

一舉成為小富翁的我和阿克婭，每天都上阿克塞爾的餐館，像這樣吃遍美食。

接著，一個看似主廚的青年，來到占據了店內一角的我們身邊。

「怎、怎麼了嗎，兩位客人？餐點有什麼問題嗎？」

突然被叫過來的主廚略顯害怕地看著我們的臉色。

「不，只是因為這些料理很好吃，我想向你道聲謝。最近我一直住在王都的城堡裡，所以你能夠做出讓我滿意的料理真的很不簡單。」

「謝、謝謝。」

主廚在困惑之中鞠了個躬，這時阿克婭一邊擦拭嘴角，一邊對他說：

「這道燉煮料理用了葡萄酒來提味對吧？這是紅酒的澀味。品牌是……沒錯，是三十年的羅曼尼康是美……沒錯吧？」

「我用的是剛才買來的特價醋。」

「……這樣啊。竟然能夠用便宜的醋提出這種味道，真是手藝高超。」

「承蒙誇獎，真是非常感謝。」

知道我們沒有要加害他的意思之後，主廚找回平常心，對阿克婭鞠了個躬。

見主廚如此上道，我用叉子叉起吃到一半的肉拿給他看。

「那道燉煮料理是很美味，不過特別讓我欣賞的是這道。這個口感莫名柔嫩的東西。沒錯，如果要比擬這個味道的話……就像是偷偷溜進喜歡的女生的房間裡，小鹿亂撞地打開她的衣櫃結果發現是擬寶箱怪。那種強烈，又和預期有所不同的衝擊感……如何，你聽得懂嗎，主廚？」

「完全聽不懂。」

「這樣啊。簡而言之就是超好吃。冒險者佐藤和真，給這家店三顆星。」

「我也給這家店三顆星。」

「感謝兩位。我會繼續鑽研，希望下次可以得到四顆星。」

說著，主廚露出燦爛的笑容，而我拿了幾張艾莉絲紙鈔給他。

「哈哈，你很敢說嘛！東西很好吃，我會再來的……這些是感謝你做的美味餐點，多的就當作是小費收下吧。多謝招待。」

「多謝招待——！」

「收您剛好的金額，歡迎再度光臨。謝謝惠顧。」

在直到最後都很上道的主廚目送之下，我和阿克婭走出餐館。

——收到席薇亞的獎金，成了小富翁之後，我們每天都像這樣奢侈度日。

討伐席薇亞得到的三億艾莉絲由四個人平分，而我因為和巴尼爾進行交易，不久之後還可以得到一大筆錢。

有了這麼多錢，就算過得稍微奢侈一點，下半輩子也不用工作了。

我是人生勝利組。

一直以來都在吃苦的我，終於也成了人生勝利組冒險者的一員了。

我和阿克婭摸著飽到鼓起來的肚子，回到符合一流冒險者身分的豪宅。

然後，我們兩個有說有笑地聊著晚餐要吃哪間店，並在打開大門的同時……

「我們回……」

「真是夠了，妳真是個變態十字騎士耶！瞧，妳想要這個對吧？妳還想忍耐到什麼時候，趕快說妳投降了好用這個……！……啊。」

「我才不會因為那種東西而屈服！賭上身為十字騎士的尊嚴，無論是一個小時還是兩個小時我也要繼續這樣……啊。」

看見的是被棉被緊緊裹住，躺在玄關地上的達克妮絲。

還有蹲在達克妮絲前面，捏著冰塊在她眼前晃來晃去的惠惠。

兩人的臉頰都紅得發燙，達克妮絲甚至還大口大口地喘著氣。

和這樣的兩人對看了一下之後，我輕輕關上大門。

這時，惠惠猛然打開大門，同時慌慌張張地衝了出來。

「請不要關門！你們兩個聽我說，這是誤會！」

「不不不，不用說了，真的不用，我都了解。我和阿克婭會在外面吃完晚餐再回來，妳們兩個繼續吧。不然我們今天乾脆找個地方過夜也可以。」

「同性戀在阿克西斯教是獲得認同的。需要祝福魔法嗎？」

「你們什麼都不了解嘛！這是因為達克妮絲她……」

惠惠抓著我和阿克婭的手臂，拚命拉住我們。

「唔，沒想到這時又多了羞恥攻勢……！不過光是被和真他們看見如此見不得人的模樣，也還不足以讓我屈服！」

「事情會被妳越描越黑啦！達克妮絲妳先閉嘴好嗎！」

就在因為看到被棉被裹住的達克妮絲不停蠕動而有點退縮的時候，我發現自敞開的大門中流洩出熱氣。

夏天都已經快到了，這兩個人卻在暖爐升了火的樣子。

「這不是在玩什麼特殊遊戲，是達克妮絲在做忍耐大會的練習，拜託我幫忙她。達克妮

絲好像是這個城鎮每年夏天都會舉辦的忍耐大會冠軍呢。」

因為裡面的熱氣而滿臉通紅的惠惠，用力將冰塊貼到同樣滿臉通紅的達克妮絲的額頭上。

「總覺得有點失望又好像鬆了一口氣，不過要練習的話，不會到達克妮絲的老家去啊？妳們把大廳弄得這麼熱，現在要怎麼辦？」

被惠惠拿冰塊這麼一貼，一臉幸福地喘了一口氣的達克妮絲說：

「其實，最近家父的身體狀況不太好。要是我在家裡做這種事情，會讓他心想未出嫁的女兒到底在做什麼而害他擔心，這也是在為他著想。」

「妳老爸之所以會搞壞身體，應該不是因為妳把家裡的暖爐燒好燒滿的關係吧？」

接觸到冰塊之後，達克妮絲原本莫名高漲的情緒似乎也冷靜下來了。

「呼……既然和真他們也回來了，差不多該告一段落了吧。經過惠惠的幫忙，我發現因為等級比去年還高，我對熱的抵抗力也跟著提高了。看來我今年肯定也能贏得冠軍。喂，和真，不好意思，幫我把這個解開。」

說著，讓棉被裹著的她又開始蠕動起來。

…………

「妳現在這副模樣，和之前去王都的時候，我在阿爾達普的宅邸中了『Bind』的狀態還真像呢。」

「……？是喔。這麼說來，確實是發生過那種事情呢。不過，別說這個了吧，先幫我把這個解開。裹在棉被裡面出了一身汗，我想趕快去洗澡。」

聽我這麼說，阿克婭和惠惠在不停蠕動的達克妮絲身旁蹲了下來。

或許是察覺到我的意圖了，她們兩個也露出奸笑。

達克妮絲仰望著這樣的我們，表情隱約顯露出不安。

我故意把手伸到她眼前，不停抓動手指給她看。

「我們都已經相處這麼久了，也差不多該對我的個性相當清楚了吧。沒錯，我是個有仇必報的男人……我說啊，當我在王都動彈不得的時候，把我整得很慘的達克妮絲小姐啊！妳今天這副德性，看起來還真是有意思啊——————！」

「唔！殺、殺了我吧！」

臉頰再次泛紅，渾身開始亂動掙扎的達克妮絲，第一次說出比較像女騎士的話來。

「——呼……我這副動彈不得又燥熱的身體，就這樣被和真徹底玩弄了……」

「喂喂，妳遣詞用字也挑一下好嗎？妳這樣說，聽起來有夠下流的耶。」

大家一起對動彈不得的達克妮絲施以搔癢至死之刑後——

達克妮絲雖然嘴上像是在責怪我們，臉色卻格外明亮，看起來一副心滿意足的樣子。

「我明天也想練習。不然這樣好了，和真，明天在忍受著熱氣的我眼前拿著冰塊晃來晃去的工作，就交給你負責如何？」

「我不要……我都已經說不要了，別用期待的眼神一直偷瞄我好嗎？」

我對著一臉惋惜地一直看過來的達克妮絲揮了幾下手，趕她去洗澡之後，看向打著赤腳在沙發上抱腿坐著的阿克婭。

「真是的，在王都時那個落落大方的達克妮絲不知道跑到哪裡去了呢。我昨天晚上可是去了這個城鎮的公墓，淨化了迷途的亡魂耶。真希望她可以跟每天貢獻社會的我學習學習。」

明明就是完全忘記跟維茲約好要定期淨化公墓，聽到人家說最近鬼怪的惡作劇越來越多才連忙跑去淨化的還敢講。

……不，現在先別管這個了。

更重要的是，從剛才開始就有一件事一直讓我很好奇。

「……話說，妳從剛才開始就一直抱在懷裡的東西……那是什麼？」

阿克婭在大腿上鋪了一條毛毯，毛毯上頭擺了一顆蛋。

和我一起出門的時候，她也把手插在口袋裡，偷偷摸摸的不知道在做什麼。

「哎呀哎呀，和真這麼快就對這個表現出好奇心啦？好吧，我告訴你。聽了包準你嚇一跳，這個可是龍蛋喔。」

「「龍蛋！」」

正當我和惠惠驚叫出聲時，一臉跩樣的阿克婭自豪地說：

「之前我一個人看家的時候，有個聽說了我們功績的推銷員上門，說著『能夠見到您是我的榮幸！我一直在找像諸位這樣，能夠正面對抗魔王軍的超強冒險者！我有一項珍藏的商品，非常想要讓給不顧危險，日夜與魔王軍交戰的諸位！』。他還說我們今後也要對抗魔王軍的話，至少也需要一隻龍來當使魔，而我也覺得這麼說很對。」

聽說了我們的功績？

怎麼搞的，總覺得聽起來非常可疑。

我看他想講的，是聽說我們賺了一大筆錢吧？

阿克婭沒發現我皺起了臉，繼續針對那顆龍蛋說明：

「聽好嘍！我知道和真是不懂這個世界常識的呆瓜，所以我來告訴你好了。龍蛋這種東西呢，照理來說非常難取得。即使出現在市場上，也會先被貴族或大富翁買走。這種狀況下，有人特地跑來說要讓給我們，這樣豈有不買的道理呢？是龍，龍耶。你也興奮起來了吧！」

……老實說，說不興奮是騙人的，但是這件事越聽越可疑。

「……那顆蛋花了妳多少錢？」

聽我這麼說，阿克婭興高采烈地表示：

「你聽我說喔，他竟然說只要拿我手邊所有的錢拿出來交換就可以了！龍蛋這種東西再怎麼便宜也不下數億，為什麼賣我這麼便宜呢？我這樣問了他，結果他說是因為希望這隻龍不是被貴族或富翁養來當成炫富的手段，而是讓武功高強的冒險者們好好培育，在終將和魔王決戰時派上用場！」

面對以雙手小心翼翼地捧著蛋的阿克婭，我感到一陣輕微暈眩並說：

「……所以妳就買了嗎？」

「所以我就買了啊，連名字也已經取好了。這個孩子的名字就叫作金士福特．爵爾特曼。而且，因為要養育這個孩子的是我，牠總有一天會成為龍族的帝王。所以，你們叫這個孩子的時候，就喚牠為爵爾帝吧。」

說著，阿克婭將她正在孵的蛋捧在掌心，並且對著蛋發出柔和的光芒。

這是在用魔法調整溫度，還是以女神的方式促進成長呢？

不過，這顆蛋無論怎麼看都是雞蛋。

「所以說，在孵化之前我都無法參加任務。和真，我現在抽不開身，你幫我端晚餐過來餵我吃吧。」

今晚的配菜就吃荷包蛋好了。

3

「──那我們去去就回來……不好意思啊，惠惠，要妳做這種蠢事。」

「我無所謂。我不這麼做的話阿克婭就不願意出門，再怎麼說，能夠對抗那個惡魔的也只有阿克婭而已。」

隔天。

我帶著阿克婭和達克妮絲，準備前往維茲的店。

惠惠負責看家。

天氣明明這麼熱，她還在暖爐裡升火，然後在暖爐前裹著毛毯，幫阿克婭買的蛋保溫。

孵蛋的時候，似乎不是只要保溫就好，還得不時調整角度，好像還滿麻煩的樣子。

因為阿克婭耍賴說她忙著孵蛋不想去，這是對付她的折衷方法。

帶著阿克婭和達克妮絲，我來到偏離城鎮主要幹道的馬路上，抵達一間小巧的魔道具店。

「來人！來人呀！喂，快開門啊，太陽曬屁股啦！最支持你們的常客上門啦！快點啊，開門——開門——！」

在我們已經相當熟悉的維茲的店前面，阿克婭一大清早的就用力敲打著店門。

正當阿克婭在店前面大呼小叫的時候，店裡傳出重重跺步的腳步聲，最後有人用力打開了店門。

「大清早的在叫囂什麼啊，汝不知道會吵到鄰居嗎，這個公害女！距離開店時間還久得很，回去洗把臉再過來吧！」

氣沖沖地衝出來的，是戴著詭異面具的打工人員。

不及格大惡魔巴尼爾看見我們，如此破口大罵。

「我們今天不是以客人的身分前來，而是另有要事！要是在營業時間來，你們應該在忙吧。我們可是顧慮到這點才特地早起過來的，還不快感謝我們。快點，給我乖乖說出謝謝兩個字。」

正面與巴尼爾對峙的阿克婭哼笑了兩聲。

現在，以我開發的商品為主軸，這間店的生意是前所未見的興隆。

由於我的報酬是來自他們買斷我開發的商品的智慧財產權，所以無論維茲的店賣出多少

商品，我的報酬都不會變多。

話雖如此，他們因為商品熱賣而開心，也讓身為開發者的我很高興。

「以不識相聞名的汝說要顧慮吾等，真是令人毛骨悚然啊。令吾不禁懷疑之後會有什麼後果……算了，汝等所為何事吾很清楚。八成是那個暴發戶小鬼想來要報酬吧。到裡面來等吧，吾現在就去拿。」

說著，巴尼爾就走進店裡，而阿克婭依然纏著他找麻煩。

「快感謝我們！說你非常感謝我們為了你這種草芥般的惡魔空出時間來，快點道謝！」

「吾不是叫汝不要叫囂了嗎！現在數日徹夜未眠的過勞老闆在內場睡覺，請保持安靜好嗎！要是汝繼續喧嘩害得敝店的評價變差，吾就要對汝施加屁股長蘆薈的詛咒！」

「有本事你就試試看啊！像你這種雜碎惡魔的詛咒怎麼可能對我起作用啊，你是白痴嗎？你說你的本體是那個面具，所以你的腦袋長在哪裡啊？」

「哼哈哈哈哈哈哈！哼哈哈哈哈哈哈哈！看來吾還是得和汝做個了斷才行，很好，到外面去吧！」

「你們可以不要每次見面都吵架嗎！話說回來，你說維茲好幾天徹夜未眠啊？這家店現在那麼賺錢嗎？」

我把開始扭打在一起的兩人拉開，然後這麼問巴尼爾。

「嗯，生意好到笑得合不攏嘴呢。做出多少就可以賣出多少，所以吾叫老闆不吃不睡，白天看店，晚上生產商品，讓那個傢伙持續了這樣的循環兩個星期左右，結果，最近明明沒什麼奇怪的事情那傢伙卻會突然哭出來或是笑出來，情緒相當不穩定。老闆現在的狀況實在不宜出現在別人面前，所以吾就讓那傢伙去休息了。」

「你、你這個傢伙……」

正當我感到很傻眼的時候，巴尼爾單手拎著裝了報酬的袋子回來。

「究竟該怎麼避免那個獨自作業就會闖禍的麻煩老闆製造出虧損來呢？吾深慮一番，並透過最近這陣子的觀察，吾發現只要那傢伙閒到發慌時就會做出多餘的事情。於是，吾試著讓那傢伙連續工作二十四小時，連吃飯的時間都沒有，問題便順利解決了。」

然後一面說著如此嚇人的事情，一面將袋子交給了我。

就算維茲是不會死的巫妖，還是可以稍微對她好一點吧。

應該說，我都快要搞不清楚他們誰是老闆，誰是打工人員了。

「對了……」

這時，巴尼爾轉身面向達克妮絲。

「喂，從剛才開始就在那邊閒著沒事幹的那個，日夜都因為無法排解成熟肉體的性慾，明明是處女卻每天晚上……」

「唔啊啊啊啊啊啊啊啊——！」

達克妮絲突然放聲大喊，往我們這邊衝了過來。

而巴尼爾則是輕身閃過這樣的達克妮絲。

「……嗯，嗯，帶有極為羞恥的負面情感，十分美味呀……鎧甲女孩，汝顯露出破滅之相。或許是因為那個煩人又刺眼的發光女一直都在汝等身邊晃來晃去，讓吾難以看清汝等的未來。不過為了答謝汝等這次讓吾大賺了一票，且讓吾以吾之力量為汝好好占卜吧。」

然後他揚起嘴角，露出惡魔般的微笑這麼說。

「吶，發光女該不會是在說我吧？」

阿克婭用力拉扯巴尼爾的衣服。

「……你說破滅之相？」

正當表情僵硬的達克妮絲不禁如此反問時，我……！

「喂，先別管這個了，你剛才是打算怎麼叫達克妮絲的給我說清楚講明白！」

眼角積滿淚水，臉甚至紅到耳根的達克妮絲掄起拳頭打了過來。

4

痛到臼齒都在打顫了。

「那麼，吾來幫汝看看吧。徒有身為貴族的莫名義務感特別強，卻因為不具備實力而總是徒勞無功的女孩啊。好了，過來這邊吧。」

「…………」

達克妮絲心有不甘地咬緊牙關，在巴尼爾的對面坐下。

我一面看著這一幕，一面摀著剛才被快要哭出來的達克妮絲狠狠揍了一拳的臉頰。

由於阿克婭說我這是自作自受，因此不肯幫我施展治療魔法，所以我就自己用冰凍魔法來冰敷。

至於巴尼爾剛才想怎麼叫達克妮絲，我晚一點再跟他問清楚好了。

「達克妮絲，惡魔的占卜聽一半就好了。比起那種可疑的占卜，尊貴的我的旨意肯定更有助益。」

絕對沒這回事。

「哼，吾之占卜可不像諸神的話語那樣模稜兩可又抽象，隨便怎麼解釋都可以。身為千里眼惡魔，吾之占卜的精準度可不下專業的占卜師……那麼，接下來吾將提出幾個問題。其中有一些對汝而言可能難以啟齒，不過還是得老實回答。」

「我、我知道了……不過，我實在不懂，身為艾莉絲教徒又是聖騎士的我，為何突然得接受惡魔的占卜呢……」

「反正聽一下也不會少一塊肉，又只需要回答問題而已，不會怎樣吧？」

聽我一派輕鬆地這麼說，達克妮絲輕聲說了句「說得也是」，就轉過頭去面向巴尼爾。

「嗯，看來汝準備好了。那麼，首先將一隻手放在這顆水晶球上……很好，再來只要等待就可以了。那麼，汝要老實回答吾接下來提出的問題。」

「嗚……我、我知道了……」

遵照巴尼爾所說，達克妮絲把手放到水晶上面。

「那麼，請汝回答。對十字騎士而言，除了防禦力之外，承受攻擊時足以撐住不動的重量也很重要。然而，汝最近卻偷偷減輕了鎧甲的重量。這是為什麼？」

聽巴尼爾這麼說，達克妮絲抖了一下。

「……這、這個嘛……因、因、因為我很笨拙，才想說減輕鎧甲的重量，讓攻擊盡可能比較容易命中……比、比較容易……命中……」

達克妮絲好不容易才語無倫次地這麼回答。

「吾說了，要老實回答。」

但巴尼爾卻這麼說。

…………

「……最近發現腹肌的線條越來越明顯了，讓我很介意，所以才會試著減輕鎧甲的……重量……」

達克妮絲害羞地低下頭，用小到像蚊子叫一樣的聲音這麼回答。

……她的腹肌這麼發達啊。

…………這讓她那麼介意啊。

聽見這個答案，巴尼爾滿意地點了點頭。

「很好很好……那麼，請汝回答。汝偷偷把魔法師同伴丟在浴室洗衣籃裡的那件洋裝擺在自己身前比，照著鏡子，顯得有點開心，同時嘴裡不停唸著『嗯，這個不適合我。真的不適合我……』這是為什麼？而且，嘴上明明說不適合的汝，平常總是板著一張臭臉，笑也不笑一下，那時卻輕輕偏了一下頭，露出微笑。這是為什麼？然後還紅著臉，東張西望地確認了一下周遭狀況，接著慌慌張張地將洋裝直接丟回洗衣籃裡，這是為什麼？」

千里眼惡魔大爺根本強到不行嘛。

您到底知道多少事情啊，巴尼爾大爺？

「……可、可可、可愛路線的衣服根本不適合我，無論是自己買還是請人幫我買都太讓我害羞，所以我一直沒摸過……那次只是因為剛好看到，一時衝動，想說試試看……我、我這個臭臉肌肉女不該因為一時衝動而做出這種事，對不起……對、對不起……」

達克妮絲雙手摀著漲紅的臉，以顫抖的聲音道歉。

不過就是拿惠惠的衣服擺在自己身前比罷了，其實也不用道歉到這種程度，但是被爆料的達克妮絲似乎受到了不小打擊，精神的耐力已經無限趨近於零了。

「我覺得達克妮絲穿可愛的洋裝也不錯啊！因為妳平常穿的衣服都是走帥氣路線或是成熟路線嘛！反正妳都穿過淑女風格的禮服了，穿一下可愛的洋裝也不會怎樣啊！偷偷穿可愛的衣服也不是達克妮絲的錯！」

八成完全沒有惡意的阿克婭握起拳頭，如此鼓勵達克妮絲。

而她的舉動似乎成了倒地追擊，枕著手臂趴在桌子上的達克妮絲連耳根都變紅，就此動也不動了。

看著這樣的達克妮絲，巴尼爾滿意地用力點了點頭。

然後……

「那麼，最後一個問題。明知道和汝住在一起的那個男人總是以好色的眼神看著自己，儘管如此，汝在豪宅裡面的時候還是穿著強調身體曲線的衣服晃來晃去，這是……」

「這種問題！這種問題真的和占卜有關係嗎！」

達克妮絲一臉快要哭出來的樣子，用力拍了一下桌子，站了起來。

對此，巴尼爾一臉像是在說「啥？」的樣子，歪了一下頭。

「吾可沒有說不問問題就無法占卜喔，這純粹只是要汝回答罷了。占卜本身只需要將手放在水晶球上就可以了。吾對汝提問，只是在占卜結果出來之前打發時間……混、混帳，住手！為什麼汝等各個都這樣隨便對吾之面具出手！不准一邊哭一邊試圖拔下吾之面具！」

——或許是完全被當成玩具耍，讓達克妮絲相當不甘心吧。儘管把手放在水晶球上，她從剛才開始就完全沒正眼看過巴尼爾。而巴尼爾看著水晶球，對這樣的她說：

「……喔喔，這樣啊。嗯，果然出現了破滅之相。汝之老家，以及汝之父親，接下來將遭逢不幸。然後，腦袋不太好的汝，將認為犧牲自己就能解決一切，做出有欠思慮的行動。屆時的行動不會讓任何人開心。汝之父親將心懷後悔及遺憾度過餘生。想要迴避這個結果的好方法……」

聽巴尼爾這麼說，達克妮絲收斂起之前的表情，神色變得相當認真。

「……哎呀，水晶球顯示憑汝的力量無法解決。若是那個時候到來，乾脆拋下一切，逃之夭夭為佳。和那個心想『如果是用霸王硬上弓的方式，應該差不多就能和達克妮絲做愛做的事情了吧？』卻沒有勇氣跨越最後一道界線，又害怕破壞目前關係的膽小男人，一起遠赴外地重新開始為宜。」

「喂，給我等一下，真的給我等一下。我總覺得你每次開口，都會害我的隊友對我的信任呈現負成長。」

達克妮絲默默站了起來。

我忍不住抖了一下，不過她好像沒有要罵我的意思。

那當然了，我只是心想霸王硬上弓有可能會成功罷了，什麼都還沒做啊。

「……巴尼爾，感謝你的占卜。不過，無論陷入怎樣的事態，我都不能逃跑……總之，你的占卜我就先相信一半吧。和真，反正你剛拿到這筆鉅款，應該暫時不會想出任務吧？我並不是特別在意剛才的占卜，不過也很久沒回老家了，我還是回去探望一下家父好了。」

說完，達克妮絲便走出店裡。

5

「吶，草芥惡魔。你就沒辦法說得更具體一點嗎？剛才還說諸神的神諭又抽象又怎樣的，自己還不是一樣。還有，你也幫我占卜一下吧。總之先看看即將誕生的我家爵爾帝是哪種龍之類，還有牠的器量是不是足以統治龍族。啊，還有還有，我買了爵爾帝之後就沒錢了，所以也告訴我能夠輕鬆賺錢的方法吧，你的千里眼不是能夠看透一切嗎？」

在達克妮絲走出店裡之後，阿克婭這麼說。

巴尼爾帶著真心感到厭惡的表情，揚起嘴角說：

「吾還是第一次見到如此低俗的女神。若是有能夠輕鬆賺錢的方法，吾早就教會敝店的產業廢棄物老闆，賺取建設吾之地城的資金了。吾之力量能夠看透的，是當事人過去的所作所為，以及今後將發生在該人身上的事象。基本上，這種技能若是在慾望的驅使之下使用，往往都沒有好事……連這種事情都不知道，汝真的是女神嗎？」

阿克婭則是用鼻子對巴尼爾哼笑道：

「果然不過是惡魔，根本就廣告不實嘛。唉——太沒用，太沒用了。和真，我們回去吧。我想回去繼續孵化爵爾帝了。我要趕快孵出那個孩子，讓那個孩子用這隻惡魔來補充營養。」

「……哎呀，吾突然有個靈感。那隻叫什麼爵爾帝的，還是改名照燒為佳。如此一來，保證能夠在晚餐時間受到眾人喜愛。」

巴尼爾和阿克婭同時帶著皮笑肉不笑的表情站了起來。

「哎呀，那算是什麼名字啊。會從那顆蛋裡生出來的是龍喔，我可是花了很多錢才買到那顆蛋的呢，為什麼非得取那種聽起來很好吃的名字不可啊？」

「賭上千里眼惡魔巴尼爾之名，吾敢宣言。會從那顆被瞎眼女神看上的蛋裡面生出來的，想必是相當出色的雞肉……」

我決定不管互瞪的兩人，小心翼翼地收起剛才拿到的報酬，站了起來。

等一下我就拿去銀行存起來，以免被偷或是弄丟。

得到鉅款而欣喜不已的我，正準備留下依然怒視著彼此，視線都已經激出火花的兩人，直接走出店裡的時候……

「等等，拿到鉅款所以心想今晚要預約那間店的服務準備外宿而雀躍不已的小鬼。」

……就這樣被叫住了。

是說，可以不要看透我今晚的計畫嗎？

「吾初次在這間店遇見汝等的時候，曾經告訴過汝一件事，還記得嗎？」

「……告訴過我一件事？有這種事情嗎？」

現在才提那麼久以前的事情我也想不起來啊。

「難得吾好心給了建言，汝竟然忘了啊，這個只有女神級記憶力的小鬼……沒辦法，吾就給汝新的建言吧。汝，不得因收到報酬而滿足，應繼續製作更多熱賣商品為宜。汝以為自己已經不會為錢所苦了嗎？吾是這麼告訴剛才那個十字騎士女孩的——憑一己之力無法解決……不過，若是汝願意努力，問題或許也不是無法解決喔。」

「我也給你一句建言吧。汝拚命賺得的鉅款，又將被維茲花光，暫時會呈現燃燒殆盡的白灰狀態吧……如何？如何？這是千里眼阿克婭為你描繪的未來預想圖喔！」

「「…………」」

——維茲的店不斷傳出魔藥瓶破裂聲、兩人的怒罵聲，以及破壞之聲，而我背對著這樣的亂象，走在回豪宅的歸途上。

我滿腦子想著走出店裡時巴尼爾對我說的話。

根據巴尼爾所說，達克妮絲的老家，還有達克妮絲的老爸將遭逢不幸。

而達克妮絲將有欠思慮地試圖以犧牲自己的方式解決。

然後是否能夠解決問題的關鍵，就在我身上。

為此，我應該先開發熱賣商品。

……他在說啥啊。

6

事情發生在我都已經快要忘記巴尼爾的占卜時的某一天。

沒有人敲門，也沒有任何跡象，豪宅的大門就突然被人打開。

然後，一個身穿執事服，板著臉的男人，沒有得到許可就走了進來。

「在這個時間造訪，並且打擾了各位用餐，請恕我失禮。其實是這樣的，我有急事要找達斯堤尼斯爵士，才會像這樣來到此地……能否占用您一點時間呢？」

男人沒有報上自己的名字，不顧禮節地只告知了來意，並且以冷淡的眼神瞥了正在吃飯的我們一眼。

達克妮絲露出不悅的表情，手上的叉子還叉著蔬菜就開口說：

「既然你稱呼我為達斯堤尼斯爵士，大概是哪個貴族的使者吧……姑且問你一下好了，有什麼事？」

聽達克妮絲不開心地這麼說，男子先是輕聲應了句「不」，接著表示：

「是我的主人，亞歷克賽・巴聶斯・阿爾達普大人有請。在這種地方實在不方便說話。外面已經備妥馬車了，請到我的主人的宅邸詳談。來，請跟我走。」

把我們引以為傲的豪宅說成「這種地方」，那個男人卻一點也沒有過意不去的樣子，指著外面這麼說。

男子這樣的態度，讓達克妮絲將手中的叉子應聲捏彎。

正當我在擔心這位脾氣暴躁的大小姐會不會口出惡言衝過去揍人的時候，達克妮絲將歪掉的叉子放在桌上。

「……我出去一下。要是我很晚也沒有回來，你們就先鎖門吧……那麼，我去去就回。」

說完，她丟下跟不上突如其來的發展的我們，就隨著男子出門去了。

「……那個人是怎樣啊？」

「他剛才有提到阿爾達普。我記得這是那個領主大叔的名字對吧？雖然搞不太懂，不過希望不會又害我們被捲入奇怪的事情裡了。」

希望別又發生什麼奇怪的事情就好了……我們一臉陰霾，默不作聲。

「既然達克妮絲都出門了，我可以把她吃剩的漢堡排吃掉吧？惠惠，今天換妳餵我吃好不好？和真餵人吃飯的技術有夠爛。昨天他拿湯匙舀了燉菜之後，竟然想從鼻子餵我吃呢。」

除了某個今天也不肯放下那顆蛋，而且搞不清楚狀況的傢伙以外。

——隔天早上。

「都已經是夏天了，妳也不太會掉毛耶。妳這個傢伙還是一樣不太像貓呢……吶，我到底要怎麼做才能讓妳變回原來的樣子啊？我沒猜錯吧？這個小貓的模樣只是暫時的吧？其實妳真正的模樣，是個語尾會加『喵』的貓耳美少女對吧？」

盤腿坐在大廳的窗邊，曬著溫暖太陽的我，把點仔放在腳上幫牠梳毛，並從剛才開始就不斷對牠說話。

從很久以前我就會不時對這個傢伙說話，不過到目前為止牠還沒有回應過我。

牠偶爾會表現出聽得懂人話的樣子，但至今仍未露出廬山真面目。

我已經知道這個傢伙不是普通的貓了。

既然如此，根據漫畫之類的發展來看，牠肯定會變成美少女才對啊……

「話說在前頭，我不討厭非人美少女，無論妳是什麼來頭我也不會嚇到喔。就算在天氣寒冷的時候，早上起床發現擅自鑽進被窩來的妳變成了美少女，我既不會驚慌，也不會動搖。當然，無論妳是什麼來頭都可以一直待在這間豪宅，妳大可放心。而且不只這樣，我還會每天烤美味的魚給妳吃。」

聽見魚這個字，原本享受著梳毛的點仔開始抽動鼻子，抬起頭來。

「哦，聽見魚就有反應啦，妳這個貪吃鬼。妳仔細聽好了，點仔。要是妳變成人類的模樣，身體當然也會變大，就可以吃更多魚了。妳懂吧？」

「喵——」

點仔像是在回答我似的叫了一聲，然後用額頭蹭我拿著毛梳的手，不斷呼嚕著，像是在催促我繼續動作。

「乖，妳這個傢伙果然很可愛。要是妳變成人類的模樣，也要繼續保持下去喔。別像其他人一樣，變成美中不足的女角。只要妳乖乖的，我就請妳吃不久之後將會誕生的雞肉。」

說完，我繼續幫牠梳毛。這時，突然有人打開豪宅的大門。

「和真！我們去狩獵懸賞怪物吧！」

昨天晚上就那樣沒有回來，害我們擔心的美中不足女角，現在大清早就跑回來，而且開口第一句就是這種傻話。

「……妳玩到早上才回來，結果劈頭就說這種話是怎樣？妳想跑去哪裡跟什麼人打情罵俏是和我沒關係，但是妳好歹也是還沒嫁人的貴族千金，不要經常玩得這麼浪蕩好嗎？」

「笨蛋，我才不是玩到早上！我只是怕晚上太晚回來會吵到你們，所以昨天回老家去了！先別說這些了！」

達克妮絲來到盤腿坐在地上的我身邊，對我遞出一張紙。

「來，你看這個！」

「……懸賞怪物『多頭水蛇』？……這隻長得像八岐大蛇的怪物是怎樣？」

達克妮絲給我看的紙上頭，寫了叫多頭水蛇的懸賞怪物的畫像、習性，以及詳細說明。

我一臉嫌惡地接過那張紙，而達克妮絲先是歪著頭問了「什麼八岐大蛇？」便接著說：

「多頭水蛇。住在阿克塞爾附近的山上，平常一直都處於深層睡眠狀態，是懸有重賞的怪物。這個傢伙把儲存在體內的魔力用完之後，就會在湖底沉睡，然後開始從周遭的大地吸取魔力。巨大的多頭水蛇在沉眠之後到再次存滿魔力為止，需要花費的歲月約莫十年。而牠上一次沉眠的時候，正好是距今大約十年以前。」

也就是說，這個傢伙差不多要醒來了嗎？

看了一下寫在這張紙上的詳細說明，這個傢伙一言以蔽之就是大。

要說牠有多大的話，大概和比較大間的民宅差不多。

而且很可怕。

從名字和外貌看來，就遊戲來說肯定是最終頭目。

「竟然說要狩獵這種東西，就算是一大早也不要說這種夢話好嗎？先別說這個了，昨天那個執事是怎樣？惠惠很擔心妳喔，她說不諳世事的達克妮絲就那樣跟奇怪的貴族跑掉，會不會碰上什麼不好的事情。」

「昨天那件事……！昨、昨天那件事和你們沒有關係。貴族之間的利害關係相當複雜，不想被捲進麻煩之中的話就別多管閒事。先別說這個了，惠惠她人呢？如果是惠惠的話，對這件事應該會很有興趣吧？」

「惠惠和阿克婭一起出去了。因為阿克婭說想買一個帥氣的項圈給即將誕生的那隻龍戴。」

「……阿克婭也拜託我在龍出生之後幫忙搭個小屋給牠住。不過那顆蛋，該怎麼說呢，怎麼看都是……」

達克妮絲露出一臉難以啟齒的複雜表情，而我對這樣的她說：

「我也覺得怎麼看都是雞蛋……總之，我不會去狩獵那種東西喔。要去的話，妳和惠惠跟阿克婭三個人一起去吧。就算妳像平常那樣又哭又鬧地拜託我，我也絕對不會去。」

「我什麼時候又哭又鬧過了！其實是這樣的……不久之前有人報告過，湖泊的狀況不太對勁。據說，湖泊周遭的荒地開始長出雜草了。這代表多頭水蛇已經不需要吸取大地的魔力了。也就是說，這是甦醒的徵兆。」

說到這裡，達克妮絲先頓了一下，然後像是在演戲似的大聲疾呼：

「……你想想，和真。能夠拯救這個城鎮的，除了我們這支連魔王軍幹部都能夠打倒的小隊以外，不作他想了！如果你還算是這個城鎮的冒險者之一，應該也會想保護這個地方才對吧？……打倒諸多魔王軍幹部的勇者，佐藤和真！來吧，現在正是你有所表現的時刻！」

見達克妮絲手握拳頭，眼神發亮地揚聲這麼說，我用鼻子哼笑。

「妳以為我有笨到聽妳叫幾聲勇者什麼的就會乖乖上當，被妳騙出去嗎？我們已經認識好一段時間了，妳也差不多該了解我了吧。就沒有什麼能夠讓我更加拿出幹勁來的誘因了嗎？順便告訴妳，錢可沒用喔，我現在已經不缺錢了。妳想看看啊，應該還有很多其他誘因才是吧？」

聽我這麼說，達克妮絲低下頭好一陣子。

終於，她臉頰微微泛紅，握著拳頭對我說：

「……我、我知道了……打倒多頭水蛇之後，我會獻上能夠讓你開心的獎賞，就是……在、在你的臉頰上一吻……」

「妳是白痴嗎？又不是小孩子，都什麼時代了，誰會為了一個吻賭上性命啊？」

「！」

大概沒想到自己下了好一番決心的提議會被我冷淡回絕吧，達克妮絲帶著驚訝的表情僵在原地。

「再說，妳認為一個吻就有那個價值的想法最讓我火大。妳對自己也太有自信了吧？在王都有那些貴族把妳捧上了天，讓妳最近太過自以為是了吧？」

「你、你你、你這個傢伙……！」

見達克妮絲氣到發抖，我抱起腿上的點仔，看著牠的臉說：

「喂，點仔。這個大姊姊好像真的以為自己的一個吻可以讓男人賭上自己的性命耶，自視甚高也該有個限度吧？真是的，明明就還有很多別的方法才對啊，妳說是不是？」

「喵——」

點仔像是在回答我似的叫了一聲。

「喔，這樣啊這樣啊，妳也這麼覺得啊。就是說啊，明明就還有很多方法對吧？」

「你這個傢伙，越說越不像話了！放下那隻貓，我要宰了你！」

達克妮絲的眼睛布滿血絲，手握拳頭，但我一面享受著點仔毛皮的柔軟觸感，一面氣定神閒地說：

「哦？是怎樣是怎樣，妳又要用平常的舊把戲，靠腕力來吃定我嗎？現在的我已經學會『Bind』這項技能了。只要用這招，瞬間就可以把妳捆得像粽子一樣。還是妳又想品嘗一下搔癢地獄了？如果是的話就放馬過來吧！」

我露出張狂的笑，如此煽動達克妮絲，但不知為何，她微微紅著臉說：

「……『Bind』啊。這麼說來，你不知不覺間也學會運用那種技能了呢。好、好吧。可以，那我們就來一決勝負吧。要是你綁住我了，我就像之前那樣隨你處置。不過，就算被『Bind』綑綁，遭到玩弄，我也不會屈服的喔！」

「妳幹嘛有點開心的樣子啊！應該說，我也不需要去吧？妳要去的話只要帶惠惠去就夠了。不管怎麼說，只要在遇見那個傢伙的時候叫惠惠用魔法就可以一舉搞定了。要是搞不定的話逃跑就行了。再說了，多頭水蛇是龍的亞種對吧？牠的鱗片一定也很硬，孱弱如我根本什麼也辦不到……」

就在我說到這裡的時候。

她既沒有生氣，也沒有衝過來揍我。

達克妮絲突然一臉失落地陷入了沉默，害我頓時語塞。

……她就那麼想打倒這隻懸賞怪物嗎？

「嗯，吶……無論如何，你都不願意嗎？」

達克妮絲在我面前蹲了下來，然後抬頭以難過的眼神看著我。

……眼淚攻勢啊，這個傢伙也學會如此巧妙的方法了嘛！

7

——從阿克塞爾南下，走了約莫半天的路程之後，可以看見一座小山。

來到那座山的山腳下之後，出現在我們面前的，是一座混濁的綠色湖泊。

「吶，話說回來了。萬一我們打不倒多頭水蛇的話要怎麼辦？我們發動攻擊之後，最糟糕的狀況，就等於我們只是激怒了目前乖乖待在湖裡的怪物而已對吧？」

「不要————！我不要————！」

對於我的疑問，達克妮絲表示：

「這個不成問題。之前處理多頭水蛇的方式，是用大軍包圍牠，讓牠大鬧一場，消耗牠的魔力，等到牠耗盡魔力之後就會再次入眠。當然，配合這次的周期，王都也差不多該派遣騎士團過來了。」

「我不要對付多頭水蛇啦————！為什麼達克妮絲想狩獵懸賞怪物啊？和真偶爾是會這麼說沒錯，但難道妳真的是貧窮貴族嗎？回家以後我願意把我一點一點儲蓄的存錢筒打開，拿出裡面的錢借給妳，用那些錢撐一下好不好———！」

原來如此，失敗了也有騎士團可以當保險啊。

「但是，多頭水蛇醒過來的時間，比騎士團預計到達的時間還要早。而且，騎士團只能逼多頭水蛇入睡，無法給牠致命的一擊。這樣的方式無法從根本解決問題，所以才想拜託喪送了諸多強敵的我，是吧？」

「讓我回去！拜託你們，讓我回去！我總覺得有種不祥的預感！」

既然騎士團要來了，到時候再跟他們一起去打倒那個傢伙不就好了，達克妮絲為什麼急著想打倒多頭水蛇呢？

這時，氣勢高昂的惠惠摘下她帶在臉上的眼罩笑了。

「哼哈哈哈哈，這次就包在我身上吧！儘管是亞種，多頭水蛇也算是下級的龍，打倒這個傢伙之後，我就可以光明正大地自稱為屠龍者了！因為想要屠龍者的稱號，之前我也曾經炸死同為亞種龍族的飛龍，但或許是因為我打倒的飛龍還小，那次並未得到討伐怪物的認可。這次我一定要得到『屠龍者』的名號！」

「等到爵爾帝誕生之後我們就要在家裡養一隻龍了，為什麼妳還想要那種危險的稱號啊！惠惠，我看還是算了啦！爵爾帝應該也不會想要載屠龍者才對！拜託啦，讓我回去！」

聽見惠惠可靠的發言，我點了點頭，再次將視線投向湖的中央。

「好，那麼首先……」

「我還得快點回去守候爵爾帝的誕生才行啊！哇啊啊啊啊啊啊——！」

「妳從剛才開始就一直嘰嘰喳喳的吵死人了！小雞從蛋裡面生出來要花二十天以上，妳還有的是時間！應該說妳也差不多該死心了吧，要是妳回去了我們要怎麼叫醒多頭水蛇啊！」

我終於忍不下去了，如此斥責從剛才開始就一直吵個不停的阿克婭。

「龍蛋才不會生出小雞呢！再說，為什麼我得把寶貝爵爾帝寄放在那種地方啊！」

現在，阿克婭買下的那顆蛋被寄放在維茲的店裡。

「沒辦法啊，孵蛋這種蠢事我們也沒有其他人可以拜託了。要是拜託我們認識的冒險者，我想大概有很高的機率會被吃掉。」

話雖如此，在寄放那顆蛋的時候，維茲吞了一口口水也讓我很介意就是了。

「可是可是，竟然把蛋寄放在巫妖和惡魔身邊，我很擔心這樣會不會對即將出生的爵爾帝造成奇怪的影響！龍蛋這種東西，越是受到母龍長時間的呵護，就越容易具備高強的魔力，繼承母親的屬性！我希望那個孩子誕生之後會是一隻神聖的白龍，這下子牠可能會受到黑暗力量的影響，變成一隻黑龍了啦！」

「要變也是變成黑色的小雞好嗎。妳那麼擔心的話，就趕快打倒多頭水蛇回去吧。要是惠惠的魔法對付不了牠，反正也沒有別的手段了。到時候我們就盡快逃回去吧。」

聽我這麼說，阿克婭總算接受這一切，安靜了下來。同時，達克妮絲拔出大劍。

「好，準備好了吧？那麼阿克婭，開始吧！」

作戰計畫極為單純。

水棲類的怪物，生性討厭乾淨的水。

這種時候，阿克婭那種成不了什麼事的奇妙體質就可以派上用場了。

「真拿你們沒辦法。算了，站在我的立場，要把水變乾淨我是沒什麼意見啦。那我就過去了喔！要是惠惠的魔法不管用，我馬上就會逃回去喔！」

話還沒說完，阿克婭已經毫不遲疑地跳進混濁的湖裡了。

接著她直接開始在湖水裡悠游，還捧起水往身邊潑灑，淅瀝嘩啦地在水裡大鬧了起來。

遠遠望著這一幕的惠惠低聲說：

「……那真的是在淨化水質沒錯吧？不是因為天氣太熱在玩水吧？」

的確，客觀看來只會覺得有個有毛病的女生自己一個人在玩水，不過這應該是正式的討伐行動的一環才對。

在我們的守候之下，阿克婭似乎對於淨化這麼大的湖泊感到厭煩了，開始閉著眼睛漂在水面上。

「……喂，和真，阿克婭那個傢伙在睡著懸有重賞的怪物的正上方開始午睡了耶。那樣沒問題嗎？應該說，我之前就一直在想，阿克婭看起來也不像是有詠唱魔法，為什麼光是靠觸碰就可以淨化水質啊？」

「這個也讓我很好奇。我原本以為那可能是某種才藝，所以不太吐嘈這一點。」

「根據本人表示，因為她是水之女神。」

我姑且試著這麼說，但不出我所料，她們兩人完全不相信，隨口說了聲「是喔——」就敷衍過去了。

這段期間內，水之女神就在我們眼前被風吹得不斷往湖泊中心漂過去。

我開始煩惱是否應該在她身上綁條繩子以免她被沖走，不過事到如今也來不及了。

超現實的景象害我們三個完全失去緊張感，打起呵欠來。而就在這個時候——

水面上冒出些許漣漪，同時原本昏昏欲睡地划著船的惠惠也睜開了眼睛。

「這是……！來了，真的來了！我強烈感受到一股淒厲的魔力！魔力的來源是湖底！」

隨著惠惠急切的聲音，依然在睡大頭覺的阿克婭的正下方就浮現出一個巨大的影子。

好像有某種大到不行的東西浮上來了。

「阿克婭——！妳還要睡到什麼時候，快醒來！怪物已經在妳下面了！妳繼續漂在那邊的話，惠惠要怎麼發魔法啊！」

我的叫罵聲讓阿克婭醒了過來。明明才剛睡醒，她卻能夠靈活地踩著水，並悠哉地伸懶腰，環顧四周。

終於，她似乎察覺到苗頭不對，連忙往我們這邊游了過來。

「喂，這比我們聽說的還要大吧！文件上面明明寫著和比較大間的民宅差不多，可是這隻已經比我們的豪宅還要大了吧！」

浮現在湖中的巨大影子，讓達克妮絲和惠惠的表情一僵。

因為聽說大小和比較大間的民宅差不多，我才覺得靠惠惠的魔法就有辦法解決。

但是有這麼大的話，感覺好像沒辦法一招炸碎牠整個身體。

「和、和真先生——和真先生——！好像有個超級大的東西一直在追我耶——！」

巨大的影子最後具體成形，八條頸部在水面下清晰可見。

所有的頸部全都指向阿克婭，不斷往上竄起……！

「要來了！惠惠準備發魔法！達克妮絲，為了以防萬一，在惠惠前面擋著！我退到後方確保退路！」

「包在我身上！不過這裡沒有其他怪物，所以不需要確保退路吧！」

「雖雖雖、雖然比原本預期的大了一點，但但但是以吾之爆裂魔法的威力還是可以一招解決！等著看這座湖泊的生態系被破壞殆盡吧！」

「隨便怎樣都好，動作快——動作快——！」

也不管我們一片混亂，那個東西已然現身。

唉……

看來是最近的成功，讓我太輕視懸賞怪物了。

滴著水的八顆巨大蛇頭緩緩現身。

「——！——！」

多頭水蛇那難以重現的咆哮，劇烈震盪著空氣。

從湖裡露出一半的背部，簡直就像座小島一樣。

看著高高舉起的蛇頭，我茫然低語。

「這樣不對吧。」

第二章

讓湖中的霸主得到長眠！

1

「喔喔，和真。你怎麼會死了呢，真是太丟臉了！」

這裡是熟悉的白色房間。

輕輕睜開眼睛的我，和興致勃勃地說出這種台詞的艾莉絲四目對望。

這個人好像比我以為的還要淘氣。

應該說，她對日本也挺清楚的嘛。

「……您今天很有興致嘛，艾莉絲女神。」

「不好意思，因為這是很有名的台詞，我一直很想說一次看看。」

艾莉絲十足淘氣地這麼說，同時瞇起眼睛。

美貌傲視人類的女神做出如此可愛的反應，光是如此就足以讓我不知所措了。

這位貨真價實的女神大人帶著傷腦筋的表情，一邊抓著臉頰一邊說：

「話說回來，和真先生已經不會因為來到這裡而動搖了呢……對了，其他幾位都沒事。她們現在已經遠離了多頭水蛇，待在安全的地方。和真先生的遺體也在達克妮絲故意讓多頭水蛇把自己吞下去之後，總算是撿回來了。」

不愧是比較能幹的女神。

在我問起同伴的安危之前就先主動回答了。

「故意被吞下去……那個傢伙也太亂來了吧。」

後來，我們總算是撈起被多頭水蛇追殺的阿克婭，惠惠也對牠轟出爆裂魔法。

……到這邊為止是很好啦。

「話說回來，那是怎樣啊？根本就是犯規吧。少了一顆頭還會再長出來，這樣是要怎麼打啊！」

我不禁對艾莉絲如此抱怨。

沒錯，一直到對牠轟出爆裂魔法的部分都沒問題。

但是，失去好幾顆頭的多頭水蛇開始使用魔力再生。

最後，牠又像是什麼都沒發生過似的，再次開始行動。

然後……

「被多頭水蛇吃掉之後，我的遺體變成怎樣了？聽說損傷太嚴重的話就無法復活了不是嗎……」

畢竟我被一口吞掉了。

「呃……沒、沒問題！還有辦法復活！雖然少了三成左右，不過還有辦法處理！」

早知道就不問了。

「……那、那個……」

正當我有點沮喪的時候，艾莉絲微微低著頭，接著欲言又止地抬眼對我說：

「復活之後，請你不要太苛責達克妮絲好嗎？這次討伐是達克妮絲勉強你去的沒錯……但是，她也有她的苦衷……現在，那孩子也因為和真先生這次喪命而憂心不已，大受打擊。當然，受到最嚴重打擊的，還是喪命的和真先生本人就是了……」

艾莉絲皺起眉頭，帶著憂心忡忡的表情如此安慰我……

……………

這個人果然很溫柔呢……

我身邊有像她這樣的人嗎？

維茲？芸芸？

不，她們也很溫柔沒錯，但是艾莉絲女神有種發自內心去擁抱對方的感覺，讓人感到非

常安心。

「放心吧，我不會責怪她……先別說這些了，艾莉絲女神說過自己偶爾也會到地上，偷偷去各種地方玩對吧，那妳會來阿克塞爾嗎？死了才能見到妳，其實有點空虛……」

聽我這麼說，艾莉絲輕輕笑了一聲。

「我們已經在地上見過好幾次面了呢。你也差不多該察覺到是誰了吧？這樣會讓我有點難過耶。」

她一臉戲謔地這麼說……

……咦？

「妳剛才說什麼？我們見過面？咦？是在阿克塞爾……嗎？咦？咦！」

聽她這樣說，我的腦袋還是有點跟不上。

見過好幾次面了？

何時在哪？

呃，我見過類似的人嗎？

看到我陷入混亂，艾莉絲戲謔地笑了幾聲說：

「那我給你一點提示好了。在地上，我的外貌和現在不同。而且個性更為活潑，說話方式也不一樣。」

外貌不同。

個性更為活潑，說話方式也不一樣……！

「還有，我雖然是女神，在地上的職業卻不見得和前輩一樣是大祭司……」

「啊啊，我知道了！妳是被奇斯調侃『聽說艾莉絲教的祭司，信仰虔誠度和胸部大小成反比，原來是真的啊，嗚哈——哈哈！』，然後就一拳打斷他的鼻梁的瑪莉絲小姐！」

我打斷了提示，信心十足地大喊。

艾莉絲帶著笑容說：

「……不是。」

奇怪？

啊啊，那大概是那個人吧！

「那就是被達斯特『聽說艾莉絲女神的胸部是墊出來的，但妳們這些艾莉絲教徒卻是波霸，這樣不會被女神趕出去嗎？話說回來那是真的嗎？該不會也是墊出來的吧，妳們兩位——！不是的話現在就露出來證明給我看啊！』這樣糾纏，所以和達克妮絲一起把他痛扁了一頓的賽莉絲小姐！」

「不是。」

艾莉絲依然帶著笑容，但我總覺得她好像有點生氣。

不是瑪莉絲小姐也不是賽莉絲小姐的話……？

就在我如此煩惱的時候——

『和真——！和真——！復活手續已經完成了，快點回來——！聞起來酸酸臭臭的達克妮絲好像非常沮喪！快點回來——快點回來——！』

傳來了這樣一道，當然是依舊不識相的阿克婭的聲音。

沮喪的達克妮絲是讓我很介意，不過現在還有更重要的事情。

「艾莉絲女神，我放棄！我投降了，不好意思！請告訴我答案，拜託！不然要是我在不知不覺間對艾莉絲女神做出失禮的事情，豈不是會遭天譴嗎！」

見我到頭來還是想不出是誰，艾莉絲稍微煩惱了一下。

看起來像是在煩惱該怎麼辦的她……

「……事到如今哪有什麼失禮不失禮，天譴不天譴的……話說從頭……第一次見面的時候你就對我做了那種事情……」

「咦？」

「沒事。我的真面目是祕密。」

說著，艾莉絲把食指放在自己的嘴邊。

「……還有，不可以全面聽信前輩說的話喔！原、原則上我現在是沒有塞胸墊的狀態！」

艾莉絲微微紅著臉這麼說，舉起一隻手就打了個響指。

然後，那扇白色的門便出現在我的眼前。

看見那扇門，我驚慌失措了起來。

她還沒告訴我她的真面目！

也不顧我還在驚慌失措，白色的門已經敞開，裡面發出耀眼的光芒……！

「等等，艾莉絲女神，對不起！妳生氣了嗎？妳是在鬧彆扭嗎？不是啦，我不知道妳真的那麼在意胸部大小……」

「那麼，佐藤和真先生！下次，希望可以在你壽終正寢的時候，或者是在你猜到我的真面目時和你見面！那麼，再會了！好了，請出發吧！」

紅著臉的艾莉絲沒有讓我說到最後。

這時，或許是因為臉頰泛紅的關係，我發現她的右臉頰上有一道淡淡的白色痕跡。

「奇怪？艾莉絲女神，妳的臉上……」

好像有什麼東西——後半這句話還來不及說出口。

艾莉絲就已經不由分說地往我的背上推了一把，把我推進門裡面。

2

「和真先生，你回來啦。」

我睜開眼睛，看見的是捏著鼻子的阿克婭的臉。

「噗哇！好臭──────！」

一股刺鼻的異臭，害我忍不住跳了起來。

這股又酸又腥的臭味……

「是我嗎！這股臭味是從我身上冒出來的嗎！」

看來是因為被多頭水蛇吞下肚，在牠的胃裡待了一陣子，害我的身體沾上了這種異臭。

……然後我無意間發現一件事。

她們沒有一個人看著我。

……然後因為她們的行動，我又發現一件事。

自己現在一絲不掛。

「我的衣服融掉了啊……」

「融掉了呢。遮一下好嗎？是說，和真先生原本也一度融化到變成和真小弟了喔，防具當然也都泡湯了，只有那把名字很奇怪的刀因為插在刀鞘裡才勉強算是沒有怎樣。」

「哎呀，居然說我幫那把刀取的名字很奇怪，這我可不能當作沒聽到！」

沒有多加理會被惠惠纏上的阿克婭，我拿起存活下來的刀……

「……所以呢，妳到底在沮喪什麼？」

然後對著和我散發出一樣的臭味，在遠處抱膝蹲在地上的達克妮絲這麼說。

聽見我對她說話，達克妮絲抖了一下，一臉歉疚地抬頭看著我說：

「我硬是勉強你去戰鬥，你不生氣嗎？」

「我是要生什麼氣啦。堅持說要戰鬥的是妳沒錯，但是我們也不是第一次對付懸有重賞的對象或是魔王軍的幹部，而且我也不是第一次死掉啊。」

「話是這麼說沒錯啦……」

達克妮絲莫名地老實，害我有點亂了手腳。

「真是的，這樣一點都不像妳。艾莉絲女神都告訴我了，為了救被多頭水蛇吃掉的我，妳也故意被牠吞下肚了對吧？而且仔細一看，妳身上到處都是血跡耶。妳還好嗎？感覺沒有被融解得太嚴重就是了。」

達克妮絲抬頭瞄了我一眼。

「……這些血全部都是在找到你之後，我從多頭水蛇體內剖開牠的肚子時被噴到的。要是在裡面多待一下的話，我就會因為窒息而步上你的後塵了吧……不過現在還好，沒有其他受傷的地方了。」

見達克妮絲依然一臉陰鬱……

「多虧有妳撿回我的遺體，謝謝。好了，我們趕快回去洗澡吧。」

我這樣說著，對她笑了笑，表示要她別在意。

「和真，你要鼓勵達克妮絲是無所謂，可是以你現在的模樣問人家要不要洗澡好像不太對耶。」

對喔，我現在全裸呢。

3

「——話說回來，我終於知道為什麼騎士團為什麼不宰掉多頭水蛇了。他們不是不宰掉牠，而是宰不掉牠。」

在走回阿克塞爾的路上。

我們帶著依然有點消沉的達克妮絲，回顧剛才的戰鬥。

「看來多頭水蛇是用魔力來讓少掉的頭重新長回來。要打倒那個東西，要不就是以超強的火力轟到牠來不及重生，要不就是不斷傷害牠，讓牠一直重生頭部，直到牠耗盡魔力之後再給牠致命傷，只有這兩個辦法了吧。兩者都不太實際就是了……」

惠惠說這些方法不實際，確實沒錯。

多頭水蛇也不是笨蛋。

就算我們一點一點持續削掉牠的血，等到魔力耗盡，牠就會逃回湖底去恢復魔力。

話雖如此，我們也無法準備在爆裂魔法之上的火力。

我轉頭對拖著沉重的步伐跟在最後面的達克妮絲說：

「正如惠惠所說，這次真的沒戲唱了，我們一點辦法都沒有。那隻多頭水蛇就交給騎士團處理，乖乖消耗牠的魔力讓牠去睡覺吧。達克妮絲也沒有異議吧？」

「……嗯。」

但她只是隨口這麼應了一聲。

……這個傢伙就那麼想打倒那隻懸賞怪物嗎？

這時，不知為何一臉跩樣的阿克婭趾高氣昂地說：

「不過，這次並非全部都是壞事喔。多虧有本小姐在，那隻多頭水蛇暫時不會從湖裡出來了！我淨化了部分湖水，所以牠大概會以為自己的地盤被人搗亂，暫時專注於用瘴氣汙染湖泊的工作上吧。這段時間內騎士團八成也會抵達這裡，到時候就可以把剩下的工作推給他們了。」

「……妳這次是怎樣？真的立大功了耶，而且腦袋也挺靈光的嘛。」

我們兩個說得正高興的時候，阿克婭背上的惠惠開了口……

「阿克婭充滿自信的時候，多半都有什麼陷阱就是了。」

然後輕聲說出這種像是旗標的話。

平常惠惠都是我在背，不過她今天說我身上有酸臭味，所以指定要阿克婭背。

「不不不，再怎麼說這次也不會有任何事情發生了吧？而且無論發生任何事情也不會是我們的錯。不如說，有我們爭取時間，才能等到騎士團來吧。」

「就是說啊，妳是不是因為我有所表現就對我有意見啊？真是的，惠惠真是的！要是妳再亂說話，我就叫和真或達克妮絲背妳喔！」

「我道歉就是了，千萬別這麼做，拜託！」

——後來，一路上沒發生什麼問題，我們回到了鎮上。

「我和惠惠到公會去報告，你們兩個臭呼呼的人去洗澡吧。而且和真現在的模樣要是被看到了會有人報警喔！」

被阿克婭這麼說，我和達克妮絲決定先回豪宅。

現在的我，是用惠惠借我的披風遮蔽身體，不過散發出異臭的披風男確實讓人不敢恭維。

「走吧惠惠，我們要盡可能誇大其辭地吹噓自己的豐功偉業！如此一來，就算拿不到討伐報酬，或許還有可能拿到特別獎金！」

「包在我身上，我會盡情闡述吾之爆裂魔法有多麼厲害！」

儘管有著極大的不安，我還是把事情交給她們兩個，和達克妮絲一起回豪宅去了。

4

回到豪宅的我，先讓沮喪的達克妮絲洗完澡之後，把自己仔細清洗到去除所有臭味為止。

「話說回來，習以為常還真是可怕啊。明明死了，我卻已經不怎麼慌亂了呢。」

泡在浴池裡自言自語的我，重新審視著據說一度少了三成左右的身體。

根據阿克婭所說，我原本已經融化到變成和真小弟了，不知道有沒有變回原本的大小？

正當我在熱水裡端詳著自己曾經失去的身體部位時……

「和真……你今天洗得比平常還要久很多，是不是有哪裡會痛？還是因為你剛復活，體力還沒恢復？」

我聽見更衣室那邊傳來達克妮絲擔心的聲音。

「沒、沒事，我沒問題！妳也知道那股臭味有多重吧？所以我洗得很仔細，只是這樣罷了！」

達克妮絲儘管沮喪還是真心在為我擔心，我總不能告訴她，自己是因為擔心身體部位有沒有變小所以在仔細確認吧。

但是，儘管聽我那麼說，達克妮絲還是沒有離開。

或許是有什麼事情想對我說，她一直佇立在原地。

「吶……和真。那個……我這次不應該強迫你出任務的，是我不對。都是因為之前太過順遂，而我又太過急躁了吧。無論如何，我就是想打倒那隻多頭水蛇……」

佇立在更衣室裡的達克妮絲難過地這麼說。

「沒關係啦，反正大概不會再遇見那個傢伙，事情也已經過去了，就算了吧。先別說這個了，阿克婭她們這麼晚還沒回來，一定是在公會吃好料的吧。我們也趕快過去吧。」

聽我那麼說，達克妮絲的聲音聽起來沮喪到了極點。

「……好……說的也是……」

……這個傢伙和那隻多頭水蛇有什麼冤仇嗎？

還是跟昨天來我們家的那個沒禮貌的執事有什麼關係？

「好吧，我幫你拿了乾淨的衣服過來，就放在這裡了喔。那麼，我在大廳等你……」

說完，達克妮絲準備離開更衣室時，我對她說：

「妳是不是有什麼非得打倒多頭水蛇不可的苦衷啊？」

「！這、這個嘛……」

看來是有。

見達克妮絲陷入沉默，我瞬間不知道該怎麼回答她。

正常來說，我一點也不想再次挑戰曾經殺死自己的對象。

但是，這個消沉到如此明顯的千金大小姐，大概也不敢主動說要再挑戰一次吧。

「今天的討伐是失敗了……下次挑戰那隻多頭水蛇的時候，我們可要做好萬全的準備，擬定作戰計畫再去喔。」

「咦？」

聽達克妮絲驚叫出聲，我調侃地說：

「什麼嘛，妳原本不是還很自以為是地說要保護人民的安全，說得那麼大聲嗎？結果已經放棄除掉那隻多頭水蛇了啊？」

「怎麼可能！你以為本小姐是誰啊！保護人民乃是達斯堤尼斯家肩負的使命！下次我一定要宰掉那隻多頭水蛇！」

已經聽得很習慣的這句危險台詞，讓達克妮絲稍微恢復了平常的模樣。

——進浴室把一身濃郁的臭味洗掉之後，我們來到冒險者公會的前面。

阿克婭和惠惠應該已經報告完畢了吧。

我們打開冒險者公會的門之後……

「妳這個人為什麼老是這麼喜歡多此一舉啊！」

「真的！之前也是，阿克婭小姐把鮮魚店的水槽裡的水都變成了純水，害得那些從海裡抓來的魚都死光光了！」

「可、可是，我也是出自好意啊！鮮魚店那件事情也是，因為我覺得那些魚活在狹小的水槽裡好可憐，想說至少幫牠們把水變乾淨嘛！」

「怎麼辦啦！多頭水蛇那種大咖，我們哪有辦法對付啊！」

「我、我想回老家啊，媽媽——！」

「通緝令！多發點通緝令！把通緝令發到這個城鎮的所有冒險者手上！」

發現裡面已經化為地獄。

冒險者和公會職員放聲尖叫，阿克婭被圍在騷動的中心因為遭到圍剿而哭泣。

「啊！和真、達克妮絲，妳們來得正好！請你們設法處理一下這個狀況！」

惠惠一發現我們，便穿越公會裡的混亂，來到我們身邊。

「不，現在是怎樣？為什麼事情會鬧得這麼大？而且阿克婭還在那邊挨罵，我們這次明明算是立了大功才對吧？」

「是、是這樣沒錯！就算我們什麼都沒做，多頭水蛇遲早也會醒來，所以照理來說情況不應該如此混亂才對，但是……」

就在不擅長應付逆境的惠惠驚慌失措的時候，達克妮絲抓了附近的女性公會職員過來。

「喂，到底發生了什麼事？我們的討伐確實是失敗了，但也不需要如此大驚小怪吧？反正只要撐到騎士團抵達為止，這次討伐原本就當成是去碰運氣的不是嗎？」

「事、事情是這樣的，因為非常不湊巧，聽說王都發生了重大案件……騎士團的人都忙於處理那起案件，沒有時間理會我們……」

王都發生了重大案件！

「喂，這是怎麼回事！王都有危險了嗎？我可愛的妹妹正在面臨危機嗎！」

「妹、妹妹？不，王都發生重大案件已經是前一陣子的事情了，最近原則上可望告一段落，沒有造成太大的問題。而現在為了平定王都的混亂，以及找出引發事件的犯人，騎士團正疲於奔命……」

聽職員這麼說，我總算放心了。

一時之間，我還在考慮要不要趕到王都去呢。

「聽說，王都出現了一群名叫銀髮盜賊團的傢伙，而且還闖進了王城……」

我和達克妮絲在聽見這句話的時候，同時慌亂了起來。

職員也沒發現我們的反應，拿出一張紙來。

「他們只憑兩個人的力量，就打垮了王城裡的騎士們還有武功高強的冒險者，並且大膽地將好幾樣寶物從城裡偷了出去……」

說著，她給我們看了手上那張紙。

那是一張寫著「銀髮盜賊團」的通緝令。

上面畫的是一名戴面具的詭異男子，還有一名銀髮少年。

懸賞金額為兩億艾莉絲。

怎麼會這樣，我們被掛上僅次於魔王軍幹部的獎金了……

「兩億艾莉絲……兩億艾莉絲啊……」

「唔……喂，達克妮絲，妳看我幹嘛啊！」

平常對金錢不感興趣的達克妮絲拿著通緝令，不知為何以充滿血絲的眼睛看著我。

職員歪頭看著這樣的我們說：

「總之事情就是這樣，因此原本預計要派遣過來的騎士團，現在不知道何時候才能過來了。」

怎麼辦，簡單來說這是我的錯嘛。

也不知道她有沒有看穿我的內心糾葛，職員又說：

「不過，我們還有希望。因為王都的騎士們特地遠赴紅魔族的村里，請一位神準的占卜師占卜了一下犯人的下落……結果，王都事件的幕後黑手竟然就在阿克塞爾！於是，現在冒險者們全都拚了命在找犯人！」

我開始冒冷汗了。

「所以說，我非常期待佐藤和真先生你們的表現。再怎麼說，你們的小隊和懸賞對象都相當有緣嘛！只要抓到犯人，騎士團也能夠放心分出戰力到我們這邊來。」

「好說好說。」

我隨口這麼回答，一旁的達克妮絲便用手肘撞了我一下，像是要叫我裝得更鎮定一點。

「不過，找到犯人也只是時間早晚的問題罷了。畢竟，這個城鎮可是有一個更勝紅魔之里占卜師的超神準占卜師！」

妳是在說戴著和這張通緝令上面很像的面具的那個傢伙對吧，我知道。

這下糟了，那個惡魔對錢那麼斤斤計較，就算是生意上有往來的對象，只要是為了賞金也很有可能會毫不客氣地把我扭送公會。

在我身旁的達克妮絲表情僵硬，渾身顫抖。

職員握起拳頭表示期待。

「事情就是這樣，拜託佐藤先生多加幫忙了！」

說著，她露出滿面的笑容。

——而我當然是龜回家裡去了。

5

「有一～～天～～走在森～～林～～裡～～我遇見了～～一隻龍～～」

把沙發拉到窗邊抱腿坐在上面的阿克婭，一邊望著窗外的綿綿細雨一邊這麼唱著歌。

她的手上依然穩穩捧著那顆蛋，從掌心發出溫暖的光芒照著蛋。

根據阿克婭表示，還在蛋裡面的時候就唱歌給牠聽，有益胎教。

而現在，大廳裡有個聲音大到蓋過了阿克婭的歌聲，是惠惠憤慨的吼叫。

「和真，我們去上訴！去找那隻多頭水蛇上訴吧！」

她帶著沉重的呼吸，對著盤腿坐在地毯上幫坐在腿上的點仔梳毛的我這麼說。

從冒險者公會逃回家裡之後，很快就過了三天。

知道自己被通緝之後，為了防範巴尼爾透視未來的能力，我一直跟在阿克婭身邊，一步也沒有離開豪宅。

那個守財奴惡魔很難看清在阿克婭身邊的人。

或許該說是幸運吧，沉迷於孵蛋作業的阿克婭也一直龜在豪宅裡。

而惠惠似乎是受不了這樣的繭居生活了，幾乎每天都催促我們去上訴。

「口口聲聲說要上訴，可是妳打算怎麼打倒那隻怪物？我也想了很多，但是目前還沒想到什麼好的作戰計畫喔。」

聽我這麼說，惠惠抱著法杖，咬牙切齒地說：

「靠火力！用更強的火力對付牠！既然一發爆裂魔法沒辦法打倒牠，就一直用爆裂魔法炸到牠消失為止！就像之前對付那架機動要塞毀滅者的時候那樣，只要有阿克婭的魔力還有和真的『Drain Touch』的話，這招絕對可行！」

這時，阿克婭中斷了歌唱，對一頭熱的惠惠說：

「不要。為什麼本小姐得任憑和真將『Drain Touch』那種骯髒的巫妖技能用在我身上？我再也不想那麼做了。沒錯，無論和真怎麼威脅，達克妮絲怎麼攏絡，惠惠怎麼發瘋，我也絕對不要。我神聖的魔力可不能輕易分給任何人。」

我一邊溫柔地梳著點仔的尾巴一邊說：

「那妳說說，看妳從剛才開始就用那麼重要的魔力在做什麼啊？不過是一顆蛋而已何必自己孵，放在暖爐前面加熱就好啦？要是加熱過度的話還可以拿來配飯吃。」

「喂，你下次再說要拿去配飯吃，我就讓你嚐嚐我神聖的拳頭喔……這是在為龍蛋灌注魔力啦。龍族可是號稱魔力的結晶，擁有的魔力越高，力量就越是強大。這個孩子將來要君臨龍族的頂點。為了養育這個孩子，只要是我辦得到的事情我都想替牠做。」

……先別管一直堅稱那是龍蛋的阿克婭。

「話說回來，惠惠為什麼那麼想上訴啊？對多頭水蛇莫名堅持的達克妮絲也就算了，妳和那隻怪物有什麼冤仇嗎？」

「這個嘛，我也有我的想法啊。更何況牠還殺了和真，我當然想親手幫你報仇啊。」

「喔、喔喔……這、這樣啊……」

是怎樣，聽她這麼說，感覺還不壞……

「最近，我每天都和達克妮絲一起去找多頭水蛇，由達克妮絲用誘敵技能叫出多頭水蛇，再用爆裂魔法轟牠然後逃跑，一直像這樣騷擾牠……不知道有沒有什麼別的更管用的方法可以對抗啊。」

「妳這個傢伙，我還想說最近怎麼沒聽見城鎮外面傳來那個爆炸聲，原來妳在搞這種飛機啊！牠目前還沒有要來城鎮這邊的跡象，別一直刺激牠啦！還有達克妮絲也是，妳在幹嘛啊，這種時候妳應該負責阻止她才對吧！」

「呃，嗯……可是，無論如何我都想打倒那隻多頭水蛇……而且，這也算是在削減多頭水蛇的魔力……」

把鎧甲放在地毯上進行著保養作業的達克妮絲輕聲這麼說，別開了視線。

這個傢伙，好像還是再怎樣都想親自打倒多頭水蛇。

至於背後的理由，我則無從得知就是了……

「無論如何，在這場雨下完以前實在很難行動。對手是水生動物，在雨中打起來根本只是讓牠占上風而已吧。等雨下完之後我就會開始認真了。」

應該說，真要說的話，我很想龜到通緝令的風波過去為止。

「現在是梅雨季喔。根據天氣占卜師的預測，這場雨還會持續好一陣子。」
「……等雨下完之後我就會開始認真了。」
「你這個男人！換句話說，你暫時不打算拿出幹勁來就對了！」
「啊，妳幹嘛！快住手！不准把氣出在點仔身上！」
惠惠抓住我正在疼愛的點仔的尾巴，開始阻撓幫牠梳毛的我。
只有達克妮絲沒有理會這樣的惠惠，一臉認真地努力擦亮鎧甲。

6

接下來又過了好幾天，雨依然沒有停。
我和阿克婭在豪宅裡足不出戶的這段時間內，只有達克妮絲和惠惠依然一直去找多頭水蛇報到。
然後，今天當然也是——
「我們回來了——！不好意思，達克妮絲在各種方面來說都不太行了，麻煩準備一下洗澡水！」

背著惠惠的達克妮絲，帶著一身酸臭味回來了。

「被吞下肚了嗎……應該說，妳們不是去發爆裂魔法之後就逃回來而已嗎？這麼危險的話，還是別再去那裡了吧。」

將耗盡魔力，動彈不得的惠惠放在地毯上之後，上氣不接下氣的達克妮絲開始卸下鎧甲。

她最引以為傲的鎧甲前幾天才剛擦到發亮，現在已經到處都是損傷，還因為濺到多頭水蛇噴出來的血而染成一片紅。

「那個該死的傢伙，看來連日的爆裂魔法轟炸已經讓牠不堪其擾，竟然在我使用誘敵技能之前便對我們發動奇襲。我們在爆裂魔法詠唱完成之前就遭受襲擊，情況相當危急……後來我好不容易逃了出來，惠惠也趁機施展了魔法，我們便在牠再生頭部的時候逃了回來……不過，那個傢伙果然沒那麼容易對付啊。」

阿克婭踏著小碎步來到達克妮絲身邊為她施展治療魔法時，達克妮絲重重嘆了一口氣。

不久之後，達克妮絲卸下所有的鎧甲，對阿克婭道了聲謝，便拖著沉重的步伐走向浴室。

「和真……你能不能設法想出能夠輕鬆打倒多頭水蛇的手段啊？弱小的和真最大的長處，就是為數眾多的半吊子技能，還有面對任何不可能的任務都能夠以卑鄙的手段解決掉不是嗎？」

「喔，我馬上想到一個了。首先用鐵鍊把妳綁起來。然後丟進湖裡面。接著趁多頭水蛇一口吞掉妳的時候，叫所有冒險者拉著鐵鍊把牠釣起來。最後就是小心別讓牠逃回湖裡，同時叫所有人圍毆牠了……如何？」

「「…………」」

我從衝著我來的阿克婭手上搶過那顆蛋用來當人質，藉此趕走她的同時——

「能夠對強敵發爆裂魔法，所以我個人對這樣的行動是沒有意見啦……可是，達克妮絲最近真的有點怪怪的。」

目送著走向浴室的達克妮絲，惠惠輕聲這麼說。

「呼——嗯……？和真，你在對我的鎧甲做什麼？」

洗好澡的達克妮絲見我蹲在鎧甲前面，歪頭不解。

惠惠也在我身邊看著我正在進行作業的手。

「因為妳今天回來的時候上面都是損傷嘛。我在幫妳修理鎧甲。反正最近一直下雨，待在家裡也沒事做。」

我拿木槌敲打鎧甲的凹痕，發動好久沒用的鍛造技能，一一修復鎧甲的損傷。

聽我那麼說，達克妮絲含笑表示：

「這麼說來，之前大家一起去溫泉的時候，你也在路上幫我修過鎧甲呢……真想和大家再去一次溫泉。」

「我不要，我討厭那個城鎮。那裡的人很多都和惠惠一樣，腦袋很那個。」

「喂，那個是什麼說清楚啊，我洗耳恭聽！」

我推開妨礙修理的惠惠，而達克妮絲開心地望著這樣的我們。

「儘管如此，我還是很想再去一次……」

並意有所指地輕聲這麼說。

——發生過這樣的事情之後。

「和真，不見了！我去房間叫她的時候已經空無一人了！」

「那個傢伙！明明叫她不准再去了，怎麼會這麼講不聽啊！」

達克妮絲告訴惠惠，因為太危險了，接下來她要一個人去，之後就每天都獨自前去找多頭水蛇。

她完全不聽我們的勸阻，隻身前往湖邊又遍體麟傷地回來。

為了設法阻止這樣的達克妮絲，我們原本說好要輪班看守她，但是……

「為什麼會睡著啦，妳這個傢伙——————！」

「哇啊啊啊啊啊——！為了孵化爵爾帝我也很累啊！養兒育女很辛苦耶，你就不能多體諒我一點嗎！」

「養兒育女妳個鬼啦，把我當白痴啊！喂，把那顆蛋交出來！這種東西算什麼，看我吃了牠！」

「別這樣！我開始孵蛋已經過了好幾天，以現在的狀態，打開之後肯定慘不忍睹！看見裡面是什麼狀況，你一定會後悔啦！」

見阿克婭把蛋抱在懷裡縮得像隻烏龜一樣，我口沫橫飛地怒罵：

「是說現在沒空理那顆蛋了，更重要的是達克妮絲！那個傢伙到底是什麼意思啊！是怎樣？什麼身為十字騎士的義務，保護城鎮是身為貴族的本分之類的，她還在說那種話嗎！」

「現在也不是確認達克妮絲心裡在想什麼的時候，多頭水蛇也是有學習能力的。達克妮絲身上的傷也是一天比一天嚴重，差不多快要有危險了吧！」

很不會處理出乎意料的事態的惠惠，抱著法杖不知所措。

話雖如此，達克妮絲離開的時間大概是清晨時分吧。

「和真。你真的想不到任何辦法處理那隻多頭水蛇嗎？把蛋寄放到維茲店裡之後，我打算和惠惠一起去追達克妮絲，稍微罵罵她……我想和真應該很害怕曾經殺掉你的對手，不過你也要一起來嗎？」

依然縮成一團的阿克婭明明很討厭動粗，卻難得這麼說了。

就連這個傢伙都拿出幹勁來了。

這種時候，只有我一個人龜在家裡也不太對……

……啊啊，可惡！

「我想去別的地方，妳們兩個設法把達克妮絲帶回來。遇見多頭水蛇也別和牠交戰，要乖乖逃回來喔！」

聽我這麼說，阿克婭和惠惠點了點頭，離開了豪宅。

至於留在豪宅裡的我，則是回房間拿出艾莉絲紙幣，然後隨便塞進錢包裡。

「那個傢伙真是夠了！真拿她沒辦法——————！」

為了那位頑固的千金大小姐，我也有所覺悟了。

7

隔天。

我一大早就出了家門，前往湖邊。

後來，昨天阿克婭和惠惠在前往湖邊的路上，正好撞見了遍體鱗傷，疲憊不堪地踏上歸途的達克妮絲。

在阿克婭幫她療傷之後，回程她一路都被唸個沒完。達克妮絲在回到家裡之後，苦笑著對我這麼說。

看來，那個傢伙無論如何都不打算放棄討伐多頭水蛇。

面對展現在眼前的湖泊，我等待著即將在阿克婭和惠惠的陪伴之下到來的達克妮絲。

終於，在時刻即將進入中午的時候，和阿克婭她們一起現身的達克妮絲看見我們，嚇得目瞪口呆。

沒錯，她看見的是聚集在我身後的——阿克塞爾的冒險者們。

「喔！妳很慢耶，拉拉蒂娜！」

「拉拉蒂娜來了——！」

「拉拉蒂娜！」

「拉拉蒂娜！」

我帶來的冒險者們看見達克妮絲僵在原地不動，紛紛開口調侃她。

「……」

「別、別這樣啊，拉拉蒂娜！他們只是叫了妳的名字而已啊，是說可以不要默默勒住我的脖子嗎！住手……請妳住手！」

被冒險者們調侃的拉拉蒂娜淚眼汪汪地揪住我的衣領。

「喂，和真，你們到底是來亂什麼的？如果是捉弄我的新招，那我也有我的打算。」

「不是啦，我幹嘛特地找一群人來做那種沒營養的事情啊！我只是對大家說，妳每天都隻身前來對付多頭水蛇，所以能不能來幫個忙罷了！」

「！」

聽我這麼說，達克妮絲連忙放開抓著我衣領的手，以視線掃過所有人。

「喔，明明是拉拉蒂娜，還害羞什麼啊。」

「別這樣啦，拉拉蒂娜的心思很細膩呀。要除掉多頭水蛇最不可或缺的，就是拉拉蒂娜的能力了，要是她哭著跑回去的話怎麼辦？」

「和真不但最近經常請我們吃飯，昨天還請了最貴的酒！稍微還他一點人情也不為過吧。拉拉蒂娜有什麼任性的要求，我們也會答應啦！」

冒險者們當中傳出這樣的聲音。

「妳看清楚了，達克妮絲。我告訴大家妳這個蠢蛋每天都在幹蠢事，結果就有這麼多冒險者聚集到這裡來了。四肢發達頭腦簡單也就算了，別讓大家擔心好嗎？」

紅著臉的達克妮絲輕聲嘟噥：

「謝、謝謝……」

「咦？妳說什麼？」

儘管達克妮絲淚眼汪汪地瞪著強迫她大聲重複一次的我，還是害臊地又一次以視線掃過在場的冒險者們。

和達克妮絲對上眼的人，有的也害臊地含笑，有的大方地露出笑容。

看見大家的反應，達克妮絲也笑了出來。

「各位，謝……」

「哇啊啊啊啊啊啊啊——！和真先生——和真先生——！多頭水蛇好像清醒得比之前還要快耶——！」

打斷了達克妮絲的道謝，不知何時跳進湖裡的阿克婭如此哭喊。

同樣的，原本在湖邊準備魔法的惠惠也大喊：

「所以我不是說了嗎，還是先等和真的指示再叫醒多頭水蛇比較好嘛！」

「可是！可是！人家想趕快回去守候爵爾帝的誕生嘛……！」

原本下定決心要好好道謝的達克妮絲在最糟糕的時機被打斷，因為過於羞恥而紅著臉渾身發抖。

而追趕著阿克婭的多頭水蛇，從盛大的水花之中現身了。

「妳們這些傢伙怎麼老是這樣啊！什麼事情都被妳們給搞砸了啦！」

戰鬥開始——！

8

雖然開始的時機有點搶拍，不過作戰計畫大致如下——

「職業是盜賊的各位，手上都有鋼絲吧？職業是弓手的各位，準備好綁了繩鉤的箭就待命！」

「哇啊啊啊啊啊，動作快——動作快——！」

首先由阿克婭叫醒多頭水蛇，將牠引誘到湖泊的邊緣。

「皮厚血多的人負責保護後衛，原地待命當坦！」

接著由有鎧甲護身的前鋒職業們保護後衛，免受多頭水蛇攻擊。

「職業是魔法師的，做好隨時能夠發出魔法的準備，在後方待命！使用的魔法，是個人會用的魔法當中威力最強的！不需要第二發，所以請準備灌注了所有魔力的超強版本！」

「包在我身上！我這次一定要用吾之爆裂魔法將那隻可恨的多頭水蛇轟個灰飛煙滅！」

為了給多頭水蛇致命的一擊，請魔法師們準備必殺魔法。

然後……

「達克妮絲，妳在多頭水蛇的正面使用誘敵技能！勝負的關鍵決定在妳有多耐打！可別三兩下就被打趴了啊！」

「你以為我是誰啊！別的事情姑且不論，說到防禦我可不會輸給任何人！」

由達克妮絲吸引多頭水蛇的注意，正面擋住牠！

「和真——！我呢？我該做什麼才好？」

「既然已經幫大家放完支援魔法了，在出現傷患之前都沒有妳的事！到角落去幫大家加油，別妨礙到別人！」

「為什麼啦——！也給我表現的機會嘛！」

接著，在達克妮絲擋住多頭水蛇的行動之後……！

「達克妮絲，交給妳了！」

「交給我吧！你的對手是本小姐！『Decoy』——！」

在岸邊嚴陣以待的達克妮絲，發動了誘敵技能。

多頭水蛇將所有的頭對準達克妮絲的同時，我以潛伏技能盡可能消除自己的氣息，並且朝多頭水蛇衝了過去。

我自然不在話下，其他冒險者可能也只要中了牠一招就會去見艾莉絲了，然而面對八顆頭如此的猛攻，達克妮絲儘管皺著眉頭，還是一直正面抵擋。

「「「『Bind』——！」」」

多頭水蛇追著達克妮絲上了岸，這時抓準了八顆頭聚集在一個地方的瞬間，職業是盜賊的人就紛紛以鋼絲綁住牠長長的頸部。

同時，職業是弓手的人也射出綁了繩鉤的箭。

飛射而出的鐵鉤被多頭水蛇堅硬的鱗片彈了開來，但是尖端卻成功鉤在綑綁著牠的鋼絲之間。

確認鐵鉤掛住之後，冒險者們全都抓住繩索的末端，以拔河的要領開始用力拉。

接著就這樣將多頭水蛇拖到離湖水更遠的地方，防止牠逃走。

這段時間內，我依然隱藏著氣息接近頸部被綁住之後，便爬到還緊盯著達克妮絲的多頭水蛇的背上，伸手觸碰那堅硬的鱗片。

「還有魔力就打不倒牠的話，我就把牠的魔力吸光！」

在我開始以「Drain Touch」吸取魔力的同時，多頭水蛇抖了一下，接著便開始瘋狂扭動起來。

不愧是龍族，號稱魔力結晶的生物果然不同凡響，對於魔力被吸收的感覺相當敏銳。

「呀哈——！有感覺了，有感覺……唔喔喔喔！」

感覺到魔力被吸走的多頭水蛇為了解開頸部的束縛而開始掙扎。

但是，被「Bind」綁在一起的八條脖子搆不到自己的背部。

這時，看見這個狀況的一名冒險者厲聲大喊：

「和真，快點離開那裡——！你是白痴嗎？竟然爬到那種地方去，你到底在想什麼啊！」

「放心，我要用我的祕密技能削弱這隻大怪物！魔法師們！抓準這個傢伙耗盡魔力的時候齊射……！」

我說到這裡，正好是多頭水蛇扭動身體，試圖以地面磨擦背部的時候。

等等……！

「喔哇啊啊啊我會被壓扁——！」

「笨蛋！你在幹什麼啊！」

原本在多頭水蛇前面的達克妮絲連忙抓住被牠從背上甩下來的我，整個人趴在我身上。

形同被推倒的我，儘管是在這種狀況之下，依然因為達克妮絲的臉靠得超近而不知所措。

達克妮絲以伏地挺身的姿勢支撐住多頭水蛇巨大的身體，避免我被壓扁。

「不愧是達克妮絲小姐，腕力和耐力都不是蓋的。」

「你還有心情嚼舌根啊！唔，這樣不行，我已經撐不住了……！」

要是就這樣被壓在底下，達克妮絲姑且不論，我肯定會很慘。

躺在紅著臉努力支撐著的達克妮絲底下，我朝壓住我們的多頭水蛇伸出手

「達克妮絲，還沒！再忍耐一下，別鬆懈！繼續維持這個姿勢！」

「！竟然在這種時候要我忍耐？沒辦法，這樣不行，我真的不行了……！」

儘管會受傷，達克妮絲依然每天來到多頭水蛇身邊，一點一點削減牠的魔力。

我現在怎麼能讓牠逃掉，讓這個傢伙的努力化為泡影！

即使在這樣的狀況之下，我依然一面全力發動「Drain Touch」，一面激勵達克妮絲：

「平常不太能夠派上用場的妳難得有機會好好表現耶，結果這樣就要結束了嗎？妳今年也要在忍耐大會上衛冕對吧？連這種小事都忍耐不了的傢伙有辦法衛冕嗎？妳這個沒毅力的傢伙！現場有那麼多冒險者在看，妳要在這種時候大出洋相嗎！」

「唔，多頭水蛇的重壓攻勢加上鬼畜男的言語攻勢，這是什麼獎賞……！為何偏偏挑在這種日子……！」

紅著臉不停顫抖的達克妮絲溼了眼眶，汗水也開始從脖子滴落，但她還是勉強支撐著。

被我盡全力吸取魔力的多頭水蛇不斷甩動被綁在一起的頸部，一直在達克妮絲上面激烈掙扎。

「拉！繼續拉——！」

原本在保護後衛職業的冒險者們抓著鉤在多頭水蛇身上的繩索，活用本身的重量，以拔河的要領拉著繩索。

他們似乎是看見達克妮絲支撐得很辛苦，試圖把我們救出去。

達克妮絲露出滿足的微笑，斷斷續續地呢喃：

「我、我已經……不行了……和、和真……你……放心……死的時候……有我陪你……」

「我哪放得了心啊，不准放棄！說真的，這樣下去會死的只有我一個好嗎！妳身上甚至還有支援魔法，只是被多頭水蛇壓一下而已，哪有可能死掉啊！」

我現在的裝備，因為之前除了日本刀以外的裝備都被融化了，身上只有日常的便服。

要是在這種狀態下被壓住，防禦力貧弱如我肯定馬上掛點，連撐都撐不住吧。

再怎麼樣，我也不想在這麼短的時間內死第二次！

「我、我放棄的話和真就會死……啊啊，這是怎樣……！你宛如主人一般命令我繼續支撐下去，然而這樣的你的性命卻掌握在我的手上。這種矛盾……！以現在的狀況來說，到底哪一邊才是主人呢！新感覺，這是種新感覺啊，和真……！」

這個傢伙還有這麼多力氣可以說廢話啊。最近那個苦思不解，一臉凝重的表情，還有隻身挑戰強敵的帥勁都上哪去了？

……就在我們陷入生死交關的危機時。

「快看，那隻多頭水蛇好像變弱了不少！而且好像動彈不得了！懸有重賞的多頭水蛇的首級，我要定了！獎金由給牠致命一擊的人全拿！我不會分給任何人的！」

「你、你等一下啦，現在這種狀況你在說什麼啊！還有，說是無法動彈，但也只是脖子都被綁起來了而已，要是掉以輕心……啊啊——！達斯特！達斯特——！」

在我聽見某個熟悉的尖叫聲的同時，壓在我們身上的重量忽然減輕了不少。

看來是有哪個見義勇為的人吸引了多頭水蛇的注意。

我們好不容易從大肆掙扎的多頭水蛇底下爬了出來，衝到惠惠身邊。

「『Light Of Saber』——————！」

聽見有人喊出我在紅魔之里見識過好幾次的魔法，我看了過去才發現，也不知道是什麼時候參加這次討伐的，紅魔族少女芸芸砍掉了多頭水蛇的頭。

看來似乎是有人被吃掉，而被她救了出來。

……話說回來，我現在才發現那個存在感薄弱的女孩有跟我們來。

不對，我記得在過來這裡的路上，好像有個畏畏縮縮的人找我說話，可是我滿腦子都在想達克妮絲的事情……

這時，一名冒險者大喊：

「喂，你們看，被砍掉的頭沒有再生耶！」

我因為這個聲音而看了過去，多頭水蛇的頭確實是只剩下七顆，沒有增加。

同時，多頭水蛇似乎想逃回湖底，但是因為裝備了沉重鎧甲的重量級冒險者們用繩索拖著牠，而無法順利逃走。

「各位魔法師——！」

我放聲大喊。已經盡全力凝聚魔力，準備好自己最強的魔法的魔法師們頓時眼神一亮，等待我的口令。

「開始攻擊——！」

隨著我一聲令下，大量的攻擊魔法襲向了多頭水蛇。

在火球魔法和雷電魔法大量飛舞之際，兩名紅魔族發威了。

「『Light Of Saber』——！」

芸芸以發光的手刀對著多頭水蛇的頭一揮，然後對惠惠露出一臉得意的表情。

惠惠見狀，嘴角微微上揚，紅色的眼睛發出光芒，朝多頭水蛇舉起法杖。

「爆裂魔法要飛過去了——！還在水邊的傢伙快避難——！」

「摀住耳朵——！」

在阿克塞爾住了這麼久，已經相當習慣惠惠的魔法的冒險者們，紛紛以俐落的動作摀住耳朵。

「好了，我要幫和真報仇！你就化為獻祭之花，讓我祭拜上了天堂的那個人吧……！」

喂，等一下，要幫我報仇是無所謂，可是我人還在這裡，沒有上天堂啊。

「『Explosion』——————！」

從惠惠的法杖發出的閃光，刺進中了無數魔法，已經奄奄一息的多頭水蛇身上。
長期將這一帶化為荒地，懸有重賞的怪物，還來不及發出尖叫，就已經陷入了長眠——

9

「請妳承認是我贏！我炸掉了多頭水蛇的六顆頭！芸芸只砍掉兩顆！孰優孰劣，任誰看來都非常明確吧！」

「哪、哪有這樣的，惠惠明明就只有待在原地發呆，一直等到多頭水蛇瀕死才有動作不是嗎！而且我還救出被多頭水蛇吃掉的人，這應該也有加分才對吧！」

「那種打算獨占報酬而擅自衝過去結果被一口吞掉的小混混，救了頂多也只能加一分吧。再說，妳好歹也算是紅魔族的一員，為了搶到最能出風頭的表現機會，等待是有多麼重要，妳也是知道的吧！」

打倒多頭水蛇之後，我們帶著冒險者們魚貫走在回阿克塞爾的路上，各個都是一臉神清氣爽。

走在我身邊的芸芸被耗盡魔力的惠惠強迫要背她，兩人從不久之前就開始爭論不休。

這次對付的明明是懸有重賞的怪物，遇害的卻只有一個人。

而且那一個人，阿克婭也已經幫他復活了。

「話說回來，沒想到我們也有辦法對付那種大咖呢。不對，要是沒有和真他們的小隊，就辦不到啦。」

「是啊，和真果然很厲害！這次除掉多頭水蛇的報酬本來是說要平分的，可是和真他們應該多拿一點才對。正好有個說『獎金由給牠致命一擊的人全拿！』的笨蛋，你們就把那個笨蛋的份拿走吧。」

曾經和我組隊過的冒險者，奇斯和琳恩這麼說。

不過，這次討伐是因為有大家在才能夠成功。

所以……

「那麼……和多頭水蛇大戰過一場，我想大家也都累了，今天就先好好休息，明天再用那份報酬大肆慶祝一番吧！」

「「「呀呼——！」」」

「不會吧——————！」

儘管覺得好像在歡呼聲之中聽見某個人的慘叫，我還是將視線放在走在我身邊，心情看起來很好的達克妮絲身上。

最近總是焦慮、苦悶，心情非常低落的達克妮絲，現在像是放下了心裡的重擔似的，看起來心曠神怡。

「喂，妳心心念念的多頭水蛇被我們討伐了，現在心情如何啊？這樣妳明天開始就可以睡個好覺了吧？」

「是啊，託大家的福，我想通了許多事情，甚至讓我覺得自己之前不知道在煩惱什麼，想起來還真愚蠢。不過，這可不是因為我們打倒了多頭水蛇。」

走在我身旁的達克妮絲，露出好幾天沒見到的笑容。

「我再次體認到，自己有多喜歡這個城鎮的人們。也因為這樣，我不再迷惘了。我已經什麼都不怕，也不會後悔了。」

「妳偶爾就會像這樣，臉不紅氣不喘地說出這種令人害臊的話呢。」

達克妮絲被我這麼調侃顯得有點微慍，擰了我的側腹一下。

然後……

「我是個很幸福的人。」

她還是落落大方地說出這種令人害臊的台詞。

「吶，再多敬拜我一下嘛！說些『非常感謝您讓我復活，阿克婭大人！』之類的，多稱讚我一點嘛！」

「喂，和真！我是很感謝她讓我復活，不過你隊上的祭司從剛才開始就一直在煩我！」

第三章 對離家出走的女孩嚴加說教！

1

「各位冒險者！昨天真的，真——的，辛苦各位了！恭喜各位討伐了懸有重賞的『多頭水蛇』！對此，公會將支付高額獎金給各位！」

「「「唔喔喔喔喔喔喔——！」」」

公會職員這番宣言，讓冒險者公會陷入一片歡聲雷動。

成功討伐了多頭水蛇的我們，在消除激戰的疲憊之後，如今正群聚在冒險者公會。

現在來到這裡的，都是昨天參加了討伐的人。

或許是因為期待著接下來將會拿到的獎金，在場的所有人全都笑容滿面。

「話說回來，難得有機會領報酬，達克妮絲為什麼沒來啊？她是不是忘記今天要和大家開宴會啊？還是因為昨天那件事在害羞？」

「搞不好是喔。昨天晚上的達克妮絲，不知道是不是因為在我們面前還是很害臊，亢奮的程度比平常還要高上許多。她平常明明不太喝酒的，卻難得喝到酩酊大醉。平常我想喝酒都會罵我的達克妮絲，不知為何昨天卻主動勸酒……」

坐在公會正中央座位的我們，回想著昨天晚上莫名亢奮的達克妮絲。

「達克妮絲是我們之中年紀最大的，卻還是有很孩子氣的一面。她那麼笨拙又怕羞，會不敢出現在大家面前也情有可原。我們買點東西帶回去給幫忙看家的達克妮絲吧。」

依然在發出柔和光芒的手上靈巧地滾動著那顆蛋的阿克婭，擺出這副高姿態，裝起成熟來了。

「妳幹嘛把達克妮絲說得比妳年長，來強調自己年輕還裝沒事啊？明明就是個年齡不詳的老太婆。」

「佐藤和真先生，我之前告訴過你了喔。我說過，你下次再說這種話，就真的會遭天譴。我要懲罰你，以後你點的冷飲馬上就會回溫。」

阿克婭一臉認真地說出這種蠢話，但我沒有理會她，只是望著開心接過報酬的冒險者們。

這次的報酬是由所有參加者平分十億艾莉絲。

十億艾莉絲。

那隻怪物的懸賞獎金是十億艾莉絲。

據說，這是因為沒了那隻多頭水蛇之後，湖邊將變成肥沃的大地。
十億艾莉絲的高額獎金，是由多頭水蛇死亡之後能夠得到營養豐富的開拓地換算得來的對等價。
參加這次懸賞怪物討伐任務的冒險者約莫五十名。
也就是說，每個人可以分得的報酬有兩千萬艾莉絲。
冒險者們接連被叫到名字，最後輪到我領取報酬了。
「那麼，佐藤和真先生的小隊可以得到四人份的報酬，八千萬艾莉絲，並且基於各位討伐參加者的期望，再追加兩千萬艾莉絲。公會總計將發出一億艾莉絲給您！」
「感激不盡！好了，你們大家！這兩千萬艾莉絲，就拿出來讓大家大肆……唔，喂，放手！妳之前在給我獎金的時候也是千百個不願意對吧，快點，放開妳的手！」
我從遲遲不肯放開裝了獎金的袋子的職員手上硬是把東西搶了過來之後說：
「喂，你們大家！再次感謝你們昨天的力挺！咱們開宴會吧！」
「「「「喔喔喔喔喔喔喔！」」」」
粗獷的歡呼聲傳遍整個冒險者公會。
時刻雖然還是中午，但今天我們大概暫時回不了家了——

2

走在天色已經完全變暗的阿克塞爾，回豪宅的路上。

順利討伐了多頭水蛇，終於不需要擔心任何事情的我們，買了比平常的食材還要高級的東西。

我們打算用這個東西，和在豪宅看家的達克妮絲續攤。

我們買的是霜降紅蟹。

是在達克妮絲的老家送給我們的那次之後，就再也沒有吃過的高級食材。

看見這個的阿克婭從剛才開始就格外亢奮，煩得要死。

「——喂，達克妮絲，我們回來……了喔……？奇怪，那傢伙是怎樣，出去了嗎？」

我們回到豪宅，達克妮絲卻不在家。

這時，我發現桌子上放了一張紙。

上面是達克妮絲的字跡，寫著她去向領主報告這次除掉多頭水蛇的事宜。

以前被我們破壞的領主宅邸，似乎終於修繕完工了。

回到豪宅之後，阿克婭立刻拿出放在口袋裡的蛋，迅速回到沙發上繼續孵蛋，接著像嗷嗷待哺的小雞似的，不斷催促著要快點吃晚飯。

「喂，妳很吵耶。就算東西煮好了，還是要等達克妮絲回來才能吃喔。還有，不要只顧著孵小雞，差不多也該幫忙做家事了吧？廁所要好好掃喔！」

「和真，你應該要對正在帶小孩的女性多點體諒才對。還有，你小雞小雞的也差不多該叫夠了吧？你對爵爾帝這麼不好，等到這個孩子出生長大之後咬你的話我也不管喔。」

最後，我們認為達克妮絲不久之後就會回來，所以就決定由我和惠惠先煮晚餐了。

另外一個人因為要孵蛋，所以一直在沙發上無所事事。

總算，我們完成了比平常還要豪華的料理，一道一道擺在大廳的桌子上。

「和真，達克妮絲好慢喔。料理就擺在我眼前，我已經忍不下去了啦。快點去把達克妮絲找回來～～找回來～～」

「妳這個傢伙既沒出錢，也沒煮飯，現在還敢擺出這種態度是吧？」

在我和阿克婭如此對話的時候，惠惠已經準備好四人份的餐具和茶水了。

「今天的料理比較講究喔。就算達克妮絲是貴族千金，大概也很少吃到這種料理。哼哼哼，真期待她吃到吾之料理的反應。」

「妳負責的部分只有灑鹽和準備碗盤好嗎。」

不過，我很能體會惠惠自豪的心情。

雖然有點自賣自誇，不過今天的料理確實相當不錯。

最近到處吃美食讓我比較懂得吃了，所以稍微付了點錢，請廚師教了我「料理」技能。

畢竟，今後我只打算把冒險當成興趣。

因此，比起學習和戰鬥有關的技能，我選擇了提升平常的生活水準。

反正也得到了一筆鉅款，想個什麼料理開個餐廳好像也不錯……

想著這種事情的同時，我們繼續期待著達克妮絲回來。

——不久之後，夜幕已經低垂。

到了這種時間，達克妮絲還沒回來。

「和真～～！菜都已經涼掉了，拿去熱一下～～」

「飯菜擺在眼前卻不能吃……我又不是達克妮絲，玩這種遊戲一點也不開心……等她回來，我要罰她跪坐在沙發前面暫時不准吃飯，然後我們在她眼前吃給她看。」

「我想，這樣大概處罰不到她就是了。這對她反而是一種……話說回來，她也太慢了吧……明明就說晚餐時間以前會回來，那個傢伙到底在幹嘛啊？難道巴尼爾的占卜是真的，她老家出了什麼事嗎？就算是這樣好了，至少也通知我們一下吧。」

大家一面抱怨，一面繼續等。

不一會兒，大家的不耐煩變成了怒氣，開始開會討論達克妮絲回來之後要怎麼整治她。

大部分的處罰方式對那個女人來說都是獎賞，所以我們非常認真地思考到底什麼手段才會有效。

儘管如此，唯有直接開動這件事，沒有任何一個人提出來。

最後，我們決定讓她穿上阿克婭搭配的超可愛服裝，帶她到公會和鎮上到處走，並且用光是租借一天就很貴的魔道相機來場攝影會。

決定好要怎麼處罰達克妮絲的時候，日期都已經快要變成隔天了。

「……好慢喔。」

阿克婭如此嘟噥，卻還是沒有任何人打算動桌上的食物。

成功討伐多頭水蛇的報告，需要花上這麼多時間嗎？

就算對方是那個大色狼領主，應該也不敢對身為貴族的達克妮絲做出什麼逾越之舉才是……

繼續這樣等下去，她今天可能也不會回來了吧。

如果她又是明天一大早回來的話，我一定要好好整治那個傢伙。

「看來她今天不會回來了。不回來就算了，至少聯絡一下吧……喂，我們開動了吧。」

儘管我這麼說，她們兩個還是不打算動那些食物，一臉不知道該如何是好。
……啊啊，可惡！
那個超級受虐狂，我一定要做些真的會讓她討厭到哭出來的事情。
像是借給巴尼爾一個小時，把她見不得人的祕密一一挖出來之刑。
好，就用這招。
她回來得越晚，讓巴尼爾審問的時間就越久。
儘管我默默如此決定。
這一天，達克妮絲卻沒有回來。
不僅如此，隔天也是。
再隔一天也是。
達克妮絲始終沒有回到豪宅來——

3

「和真，那是什麼？你在做什麼啊？」

在大廳的桌子上，我從一大早就開始努力製作工藝作品。

我拿起自己剛才做出來的東西給阿克婭看。

這是炸彈的模型。

就像諾貝爾一開始製造的那樣，將硝化甘油和砂土混合凝固之後包在紙管裡面，再插上導火線的簡易炸彈。

這個世界還沒發現硝化甘油，也沒有能夠用在導火線上的火藥，所以這個東西點了火當然也不會爆炸。

再說，我也不知道詳細的原理，所以根本做不出真正的炸彈，不過……

「像這樣，稍微知道原理或外型，卻因為材質的問題而做不出來的東西，我還是先做個外型出來。即使只有這樣，某個腦袋聰明又有遠見的傢伙就有辦法搞出代替硝化甘油的東西，還是願意向我買下。」

「原來如此，你想把現代武器的超科技帶來這個國家嗎！和真……你這個孩子好可怕啊……！」

原本以為根本不需要做出來也知道會被打回票所以故意不開發的東西，現在我也賭上他願意收購的渺茫可能性，姑且做了出來。

阿克婭把蛋抱在肚子前面，把炸彈的模型拿在手上看。

我之所以開始做這種事情是有理由的。

今天一大早，我們接到了來自達克妮絲的書信。

「阿克婭現在拿著的那個東西，是用來做什麼的？」

原本認真看著達克妮絲送過來的信的惠惠這麼說，抬起了頭。

「這是一種能夠重現爆裂魔法，名叫炸彈的道具的複製品。」

「！」

惠惠從阿克婭手上搶過那個東西。

看來她對能夠重現爆裂魔法這段話的反應非常激烈。

「那個東西有個好處，就是不需要使用魔力，所以任何人都可以任意使用。不過，現在還沒辦法完整做出……」

「唔啊啊啊啊啊啊啊——！」

「啊啊啊啊啊啊啊！妳沒頭沒腦的搞什麼啊，那是我辛辛苦苦做出來的東西耶！」

惠惠衝到窗邊，盡全力把那個東西丟了出去。

「哪能讓你用這種東西任意重現終極的魔法啊！竟然開發這種邪門歪道的武器，我絕對不認同！」

「這、這個傢伙還真難搞……！」

亢奮之意仍未消退的惠惠大口喘著氣，但沒多久就像想起了什麼似的，攤開剛才還在看的那封信。

那封信，是達克妮絲寫給我們的。

惠惠都已經數不清看了那封信幾次了，卻還是試著想找出其中是否有什麼隱藏的意圖而又看了一次，然後把信輕輕放在桌上。

「達克妮絲真的要就這樣脫離這個小隊嗎……」

聽她這麼說，我和阿克婭無言以對。

「……沒辦法啊，老家還是比較重要。原本，她能夠和我們這些老百姓一起冒險到現在就已經很不尋常了。」

「可、可是！這樣絕對很奇怪啊！達克妮絲怎麼可能什麼都不說就脫離這個小隊！居然只寄了一封信過來道別，我們之間的關係應該沒有這麼淺薄才對吧！」

我的回應讓惠惠如此反嗆。

「就是說啊。我覺得原因應該是和真過度的性騷擾吧。總之，把我們換下來的衣服大量放進浴缸裡還說『呀呼——泡內衣澡啦————！』的那種行為還是先克制一下吧。」

「我才沒有！我目前還沒有那麼做好嗎！」

「你說目前還沒有？」

我拿起惠惠放在桌子上的信紙，再次看了上面的內容。

『突然提出這種事情，我真的非常抱歉。』

反覆看了一遍以後……

『我碰上了不能告訴你們的複雜問題。身為貴族，這是莫可奈何的問題。』

我將信紙揉成一團。

然後直接用力扔進垃圾桶裡。

『我已經不能再和你們見面了。我知道這樣真的很自私，不過請讓我離開這個小隊。還請你們找新的前鋒職業隊員加入小隊替代我。』

看見我的反應，阿克婭和惠惠的表情顯得有些害怕。

可惡，我在煩躁什麼啊？

『我很感謝你們。我對你們的感謝，無論再怎麼表達也不夠……和你們一起冒險真的很開心。在我目前為止的人生當中，那是最開心的一段時光。今後，我也絕對不會忘記和你們一起冒險的日子。』

她終究是住在和我們不同世界的貴族千金。

現在只是回到原本該待的世界而已。

沒錯。找個攻擊能夠確實命中敵人的前鋒職業當新的同伴吧，這樣就解決了。

我在桌子前面坐下，繼續製作下一個作品。

『感謝你們時至今日的照顧。達斯堤尼斯・福特・拉拉蒂娜敬上。為最愛的同伴們，致上最深的感謝——』

隨著「啪」的聲響，我手上的美工刀尖端應聲而斷。

我似乎在不知不覺間用了過多的力氣。

看見我這副模樣，惠惠開了口：

「……和真也很在意對吧。你就老實承認嘛！然後，我們再去達克妮絲他們家的宅邸一次吧！」

說著，她握起拳頭，逼近到我面前。

達克妮絲沒有回來的那一天。

結果，我們在日期變成隔天之後沒多久，有一搭沒一搭地吃著變冷的料理。

接著一大早就直接衝到達克妮絲家去發動襲擊，想叫她別讓我們擔心，但是……

「結果也只是再吃一次閉門羹而已啦。對方好歹也是大貴族耶，要是我們敢強行突破也只是被逮捕而已，全都會被逮捕啦。以達克妮絲和她老爸的作風，我們應該不至於被處死，但是既然那個傢伙不想見我們，我們就沒戲唱了。」

聽我這麼說，惠惠低下頭來，顯得消沉不已。

去了達克妮絲家的宅邸之後，門衛也只是堅稱「我無法告訴各位詳情，請回吧」，就把我們趕了回來。

煩躁的我準備找新的美工刀來替換折斷的那支時……

「和真，說來說去你還是在想能不能為達克妮絲做些什麼對吧？所以才會那麼拚命開發新商品。你是不是相信那個派不上用場的惡魔的建言啊？惡魔那種傢伙，是一群滿口歪理，信口開河的生物喔。他們可不會好心幫助別人，而不收任何代價喔。」

煩躁的我因為內心的想法被點了出來，不禁停下手邊的動作。

「才、才不是這樣呢！我只是因為不想認真工作，所以想輕鬆賺更多錢罷了！」

聽我這麼說，阿克婭一臉認真地表示：

「傲嬌嗎？和真，你是在耍傲嬌嗎？你還真不老實耶，乖乖說達克妮絲不在讓你很寂寞不就好了。關於傲嬌，我只承認金髮雙馬尾。要是聽懂了，你現在就立刻去染頭髮然後綁成雙馬尾回來。」

「…………」

阿克婭哭喊著對不起我不應該得意忘形，並展開激烈抵抗，而我從她手中搶走那顆蛋，打算午餐煮來吃。

看著這樣的我們，惠惠落寞地說：

「看你們兩個像平常一樣鬥嘴……我還是覺得，少了點什麼……」

4

走在前往公會的路上，不開心的惠惠慢步跟在我後面。

老實說，我很希望她今天可以像熱衷於孵蛋的阿克婭一樣，乖乖待在豪宅看家。

「……惠惠，我給妳零用錢，妳回豪宅去好嗎？」

「我不要。我也是小隊的一員，自然有挑選新隊友的權力才對。」

惠惠從剛才開始就一直不太願意聽我的話。

不過，這也是沒有辦法的事情。

因為，我現在是要去冒險者公會尋找替代達克妮絲的前鋒職業隊員。

惠惠故意快步接近到我的正後方。

「不過是幾天沒回來而已，竟然就可以這麼乾脆地割捨掉一起同甘共苦的夥伴。和真是魔鬼。你是魔鬼。」

說完，惠惠再次快步遠離我，跟在我身後幾步的地方。

「不、不對吧，這是因為達克妮絲希望我們找新隊友加入啊。如果達克妮絲願意回來，我也覺得那樣最好。可是她本人……」

聽我這麼說，惠惠再次故意快步站到我的正後方來。

「那種發言，當然只是單純的嘴硬啊。你只是因為剛才被阿克婭那樣說，覺得很難為情而已吧？只是不想承認而已吧？只是在逞強而已吧？只是不想因為一直沒有找新隊友加入，而被達克妮絲認為你對她還有眷戀而已吧？」

說完，惠惠再次快步遠離我，和我保持距離。

有、有夠煩人的……！

後來，在抵達公會的路上，惠惠一直保持著不遠不近的距離跟著我。

其實走在我身邊就好了，但是她又不願意。

最可恨的是，她保持的距離又沒有遠到我可以突然衝刺甩掉她。

不久之後，我一站在冒險者公會前面，惠惠就靠了過來，用力拉了拉我的衣服下襬。
「和真，你還是不要進去裡面比較好喔。否則，你將親身體會到紅魔族有多可怕。」
「妳敢動手就試試看啊。要是妳做出什麼不必要的舉動，我就拿妳最寶貝的那根法杖去通馬桶。」
我帶著表情僵硬的惠惠走進公會。
來到招募隊員的公布欄前面，我開始尋找值得注意的告示。
我們也不需要主動貼出招募告示了，反正我們早就已經臭名遠播。
事到如今就算貼出募集前鋒職業的告示也不會有人來，這點我很清楚。
所以，我想逮住哪個主動想要加入小隊的傢伙，就算用比較強硬的方式也要讓他加入。
……找著找著，我立刻就看到不錯的告示了。
職業是戰士。擅用武器是單手劍。
對防禦力有自信，希望站前鋒當坦。
男性，十八歲。
……感覺還不賴。
我撕下那張告示，走向等待入隊邀請的那位冒險者的座位。
「呃……不好意思，我看了這張招募告示。」

我對他這麼搭話，結果那個男的似乎不認識我們，露出開心的表情說：

「啊，是！幸會，我是個戰士，名叫……」

「等等，先不用自我介紹。」

那個男的說到一半，就被從後面跟來的惠惠打斷。

……我只有滿心的不祥預感。

「在那之前，我得先測驗你是否適合吾之小隊。畢竟，吾等乃是對抗魔王軍幹部的超一流小隊。測驗內容，是隻身討伐懸有重賞的怪物……痛！」

「並沒有什麼測驗！你可以不用管這個傢伙說的話！不好意思，請你稍等一下。」

「好、好的……」

我打了說蠢話的惠惠一下，阻止了她。

「——喂，過來一下。妳給我過來。」

「我拒絕……啊，啊！不要拉我的兜帽，這件長袍很重要耶，是朋友送給我的東西，要是變形了怎麼辦啊。」

我帶著惠惠，移到那個看似戰士的男人聽不見的位置。

「妳懂不懂啊？要是達克妮絲回來了，我們組五人小隊不就得了？皮不厚血不多的我沒辦法當坦。阿克婭也一樣。妳就更不用說了。也就是說，現在沒了達克妮絲，要對付大量怪物的時候就必須另外找個人當坦，知道吧？」

「我知道。我知道啦，和真。我也非常清楚前鋒職業的重要性。那我們去面試他吧。」

這個傢伙絕對什麼都不知道，她肯定想搞什麼鬼。

「妳聽好，一直以來打倒了眾多魔王軍幹部的我們，現在被魔王盯上了也不足為奇。過去巴尼爾之所以被派遣過來，也是因為貝爾迪亞在這個城鎮被打倒了。為了以防萬一，我想維持小隊的最低限度戰鬥能力。不然，和那位老兄組的當成是臨時小隊也可以。懂了吧？別妨礙我喔！」

「我懂我懂。我不會妨礙你，不會妨礙你啦。」

惠惠不停點頭，表現得格外老實。

說真的，這個傢伙表現得老實又乖巧的時候，就要當作她會搞鬼。

我一面留心著惠惠，一面回到剛才的座位。

「呃……真是不好意思，突然跑掉。我是佐藤和真。叫我和真就可以了。然後，這位是……」

我正打算介紹惠惠時，她已經用力甩開披風，以大到讓全公會的人都愣住的聲音說：

「吾乃惠惠！身為阿克塞爾首屈一指的魔法師，擅使爆裂魔法！在這個公會的外號為腦袋有問題的爆裂女孩！好了，與吾一起……痛！」

在公會內所有人眾目睽睽之下，惠惠突然做出非常不得了的自我介紹。而我連忙打她一下的時候已經來不及了。

看似戰士的那名男子，表情變得無比扭曲。

「那、那個……我是聽過那個傳聞，原來妳就是……不、不好意思，我原本還以為那個傳聞只是誇大其辭……對我來說，這個負擔太重了，請你們另請高明……」

那個傳聞是什麼啊？

看來，我們的負面評價可能超乎預期呢。

目送了一再道歉的那個男人之後，惠惠一臉滿足，同時又像是失去了什麼重要的事物似的對我笑了笑。

「和真，他好像不行呢。我只有自我介紹而已喔。下一個。我們去找下一個吧。」

竟然用這招自爆恐攻，我太小看惠惠的決心了。

沒想到她竟然會毫不掩飾地說自己腦袋有問題。

話說回來，說什麼下一個啊……

就算我和惠惠到公布欄前面，找到值得注意的告示看了過去，對方也會立刻別開視線。

……看來剛才那段讓整個公會都聽到的自我介紹是致命傷。

可惡，平常亂發爆裂魔法的時候明明什麼都沒想，只有在這種不需要的時候腦筋動得特別快。

就在這個時候——

「喂，和真。怎麼，你們在找隊員嗎？這樣的話，你們可以找我啊。」

正當我不知何去何從時對我這麼說的人，是達斯特。

他的其他隊友今天好像沒和他在一起的樣子。

「你不是已經有隊友了嗎？他們怎麼了？」

聽我這麼說，達斯特一臉厭惡地皺起眉頭。

「你評評理啊，和真，他們有夠過分的。因為對付多頭水蛇賺到大錢，他們竟然說暫時不打算工作！我沒賺到對付多頭水蛇的報酬，所以得賺錢才行。可是，大多冒險者現在荷包都很鼓，所以沒什麼人在招募臨時小隊。戰士系又是最過剩的一種職業……所以說，如果你們要找前鋒的話，找我如何？」

惠惠狠狠瞪著達斯特，像是在罵他幹嘛在不必要的時候出現一樣。

我記得，聽說這個小混混雖然素行不良，武功倒是相當不錯。

惠惠和阿克婭過去也曾經和這個傢伙組隊過一次，我也很清楚他是個怎樣的人。

沒有理由拒絕的我，決定試著和達斯特組隊。

——我們決定總之先組個臨時小隊測試一下彼此的配合度再說，所以隨便接了一個任務，來到位於城鎮郊外的某個大農場。

現在正值梅雨季。

說到梅雨就會想到青蛙，不過這個季節還有更棘手的對手。

「狙擊！狙擊狙擊狙擊狙擊！……這樣沒辦法，我的弓箭完全傷不了牠們！而且這些傢伙也太硬了吧！」

「弓箭和刀劍對亞達曼蝸牛沒有意義！和真，你在那邊想辦法用魔法拖住牠們！我負責阻止牠們闖進田地，等小蘿莉的魔法完成！」

「喂，小蘿莉是在叫誰說清楚啊，我洗耳恭聽！」

我、達斯特以及惠惠三個人，和同樣接了這個任務的其他幾位冒險者，一起在驅除農場的害獸。

一到梅雨時節，田裡就會大量出現亂吃農作物的巨大蝸牛——亞達曼蝸牛。

而現在，在我們身後……

「喂，約瑟夫被夏筍捅屁屁了！傷勢嚴重，這個傢伙已經沒辦法再對付野生生物了！快點帶他離開！」

「有野豬！野豬和其他害獸也把這陣混亂當成好機會，全都聚集過來了！」

農場上，正在收割的農夫們之中傳出這樣的叫罵聲。

無論在哪個世界，農業好像都是相當辛苦的工作。

「『Freeze』！『Freeze』、『Freeze』！『Freeze』！」

我對亞達曼蝸牛施展冰凍魔法，降低牠們的體溫，暫時減緩牠們的動作。

不負亞達曼之名，這傢伙除了殼以外的部分硬度也相當高，完全砍不動。

以我的實力，頂多只能像這樣爭取時間而已。

在田地中央，擊退了好幾隻猴子的達斯特將手上的長劍插進地上，緊緊握住劍柄，並且將左手的盾舉在前面。

只見一隻大野豬，從他的前方朝著田地衝刺過來。

看來，達斯特是準備迎擊那隻野豬。

「來啊——！」

達斯特壓低重心，蹲穩馬步，握著劍柄的手多用了幾分力。

如果是達克妮絲，肯定可以擋下那隻野獸，而且紋風不動吧。

畢竟，她連多頭水蛇的猛攻都撐得住了。

但是，要求達斯特做到同樣的事情未免過於殘酷。

體型有牛那麼大的野豬，就這樣朝著達斯特衝了過去……！

「唔哇啊！」

然後達斯特就被野豬撞飛了。

不過，再怎麼說達斯特也穿了鋼鐵製的鎧甲，衝撞了他的野豬並不是沒受影響，身體越來越不穩，最後衝刺的腳步也停了下來。

我衝到那隻野豬身邊，迅速拿刀砍了過去。

不像平常那樣陷入苦戰，輕鬆解決了野豬的我轉過頭去看了一下其他地方的狀況。

只見冒險者寡不敵眾，大量的猴子衝破了防線，接二連三地闖進農場。

啊啊，可惡！

我決定暫時不理會被撞飛之後倒在地上不停抽搐的達斯特，張弓狙擊那些猴子。

「和真！爆裂魔法的詠唱結束了！」

聽見惠惠宣告魔法已經完成，我指著逃跑中的猴群大喊：

「動手！惠惠！把牠們全部炸飛！」

我做出指示之後，好像聽見其他冒險者之中有人大喊：

「喂……！等等……！」

「『Explosion』——！」

惠惠的爆裂魔法，將猴子、野豬、亞達曼蝸牛，甚至是田裡的作物，全都一起炸得灰飛煙滅。

5

驅除了害獸的我們，前來公會報告。

討伐的報酬，是參加的冒險者每位兩萬艾莉絲。

目標是不會危害人類的亞達曼蝸牛和野生的害獸。

野豬另當別論，驅除亞達曼蝸牛和猴子不需要擔心生命安危卻有這個價錢。

兩萬艾莉絲應該算是相當公道了吧……

不過我們……

「那麼，佐藤和真先生、惠惠小姐、達斯特先生的報酬是五千艾莉絲……」

因為把蔬菜也炸掉了，所以報酬也少了一大半。

我對惠惠的指示太隨便了，所以這算是我的失誤吧。

我道了歉，但達斯特說：

「嘿嘿，沒關係啦，偶爾也會有這種事情嘛。至少今天的酒錢有著落了。你們別太介意啦。反正要是就那樣讓猴子們逃掉的話，任務本身也算是失敗啊！」

他笑著這麼說完，立刻用拿到的報酬點了一大杯冰冰涼涼的酒。

「應該是這樣吧，在沒有阿克婭和達克妮絲的狀態下，我們三個人已經可以說是打得很好了。何況其他冒險者的人數也不多。照理來說，那個任務應該由更多冒險者一起進行才對。」

惠惠這麼表示。

對於達成任務，惠惠似乎是很開心，但表情還是略顯鬱悶。

……我知道，是達克妮絲對吧。

拿別人和達克妮絲比是很殘酷，不過那個超級受虐狂十字騎士身為坦的實力確實讓人佩服，所以我們還是難免拿來比較。

達斯特砍殺的猴子也不少，身為前鋒的表現算是相當出色，但是……

如果是達克妮絲，雖然攻擊不到敵人，但面對那隻野豬的衝撞大概動也不會動之類的，我的腦子裡不斷冒出這種多餘的想法……

不，事到如今，和那個傢伙比較也無濟於事。

暫時還是找達斯特當臨時隊友，再靜觀其變吧。

——如此這般，在找到臨時隊友之後的隔天。

大門突然敞開，一名男子沒有敲門就衝了進來。

「……我昨天確實說過接下來我們暫時要一起組隊，要介紹你給阿克婭認識，所以叫你來家裡沒錯啦，但是你也太慌張了吧，到底是怎麼了？」

對於我的疑問，衝進家裡的那個男人——達斯特上氣不接下氣地說：

「和真，大事不妙了！我需要借助你的力量！拜託你，跟我來一下好不好？」

就連面對多頭水蛇的時候都想衝過去撿尾刀的這個男人竟然會如此慌張，可見真的大事不妙了。

我轉頭對她們兩個說：

「不知道是怎麼回事，不過我跟他出去一下。」

說完，我就跟拉著我的達斯特離開豪宅。

——達斯特走在我的前面，說明他口中不妙的大事。

不一會兒，聽完他的說明之後，我忍不住當場停下腳步。

「……呃，等一下。所以是怎樣？你說大事不妙了，指的是琳恩有男人了？」

「沒錯！這麼嚴重的事情，泰勒和奇斯竟然都只用『是喔』兩個字就輕輕帶過！」

不，我的反應也只會有「是喔」兩個字好嗎。

但是達斯特高舉拳頭說：

「我們重要的同伴，和某個來路不明的傢伙搞在一起耶！如果一起組隊的女生被奇怪的男人騙走了，和真也會擔心吧！」

是啦，要是我有個交情不錯的女性友人，然後她有了男朋友的話……

「你的心情我也不是不了解。」

「對吧？不愧是和真，你很懂嘛！」

心情亢奮的達斯特繼續向我說明。

據他所說，最近琳恩突然變得很難約。

對此覺得相當奇怪的達斯特開始成天跟在琳恩後面，結果發現她每次都和一個陌生男人走進旅店。

「……你、你這個傢伙，那不就是跟蹤……」

「也就是說！琳恩被那個突然冒出來的傢伙給騙了！我很擔心我的同伴，所以想調查那個男人。拜託你，和真，另外兩個傢伙靠不住了！算我求你，幫幫我吧！」

聽雙手合十的達斯特這麼說，我沉思了半晌。

干涉別人的戀愛確實很不識趣，但是我有資格說別人嗎？

比方說，要是達克妮絲某天突然說她交了男朋友，我也會想調查對方是怎樣的男人。

不過以達克妮絲的情況來說，是因為她看男人的眼光太過特殊。

「……我知道了。雖然有點噁心，不過要是我也身在和達斯特同樣的處境，可能也會想調查一下對方。如果是琳恩的話應該沒有問題，不過我也和她一起冒險過一次，說我不好奇對方是怎樣的傢伙就是在騙人了。」

「唔喔喔！和真果然懂我在說什麼，就全靠你啦！」

儘管對達斯特有一絲不安，我卻忍不住把最近聯絡不上的達克妮絲和琳恩混為一談，決定跟著他走。

——達斯特帶我來到一家規模不大，卻頗為別緻的旅店。

感覺很不適合冒險者，比較像是情侶經常使用的那種旅店。

「就是這裡，和真。那個誆騙琳恩的下流胚子就住這裡。」

不，我們還不知道對方是怎樣的人吧。

看著義憤填膺的達斯特，我有點擔心這個男人會亂來了。

「然後呢，你打算怎麼辦？總不能大大方方去那個男人的房間敲門吧？」

聽我這麼說，達斯特露出一抹奸笑。

「你以為我都當幾年冒險者啦？幹這行的，要是不懂得凡事準備周全，可是活不久喔。我已經查好對方住的是哪個房間，也已經訂好隔壁的房間了。」

你、你這個傢伙……

就在我開始覺得應該趁現在叫警察來抓這個男人的時候，達斯特已經打開旅店的大門了。

莫可奈何之下，我也跟了進去。

應該說，如果能善加運用這種安排事情的手腕和行動力，這個傢伙應該會有更大的成就才是。

旅店裡面走的是相當基礎的風格。

一樓是餐廳，二樓有房間供旅客使用。

或許是已經溝通過了，旅店老闆看見達斯特和我也沒有攔阻，裝出一臉什麼都不知道的樣子，慵懶地伸了個懶腰。

達斯特直接走上通往二樓的樓梯，最後停在某個房間前面。

「好，就是這裡……這裡的牆壁很薄，盡量不要太大聲喔。琳恩應該也已經在隔壁房間了。那個傢伙的聽力很好，說不定會發現是我們的聲音。」

我點了點頭，跟著達斯特走進房間。

房間裡的擺設相當簡單，只有床、桌子，和一個小衣櫃。

達斯特輕輕關上門，走到牆邊，附耳上去。

我心想著這樣好像在做什麼不應該的事情，但同時也把耳朵貼了上去。

結果，隔壁房間傳來一道熟悉的女生的聲音——

『就算你這麼說……我也不知道該表示什麼……』

那確實是琳恩的聲音。

不過，她的聲音聽起來實在不像是聊得很愉快的樣子。

『琳恩小姐，我知道這件事沒有那麼容易。照理來說，這應該是不能見容於世的事情。可是，既然已經喜歡上了，我也沒有辦法啊！』

『你、你冷靜一點！那個，請你想清楚喔。你是貴族，這原本就不是應該和冒險者來往的立場。光是這點就已經是個很大的問題了……』

對方似乎是貴族階級的男人。

也就是說，這對琳恩而言是嫁入豪門的機會。

然而，琳恩的口吻聽起來實在是沒什麼興趣的樣子。

貴族之子與冒險者。

照理來說，這樣的兩個人終其一生，就連在路邊擦身而過的機會都不會有。

像我和達克妮絲那樣在同一個小隊裡一起冒險，本身就是一件異常的事情。

就在我想著這些的時候，牆壁的另一邊依然是話聲不斷。

『琳恩小姐！因為身分差距懸殊，我的心意是不會有結果的，這點我很清楚！不，我也知道還有更重大的困難。可是，至少……！至少，讓我用這台花了一筆大錢才得到的魔道相機拍張照片吧！』

『你你你你、你冷靜一點！請你冷靜一點！別那麼激動！』

聽了剛才的一連串對話，我大概知道對方的狀況了。

貴族青年愛上了琳恩，但是因為身分有差距，不可能結為連理。

所以對方至少想要拍張照留念。大概是這樣吧？

什麼嘛，他好像也不是什麼壞人嘛。

『可以的話！可以的話，我想拍到盡可能煽情的照片！』

『冷靜！拜託，你冷靜一點好嗎！我們先到樓下去稍微吃點東西，讓你冷靜一下吧！』

……不，看來好像也不是那樣。

這時，我身邊的達斯特猛然站了起來。

「我去揍他一拳。」

「喂，你等等，別過去！還太早了！」

我設法壓制住達斯特後，不一會兒，隔壁房間傳來開門聲，接著又響起門關上的聲音。

他們兩個去一樓吃東西了吧。

默默聽著那些聲響的達斯特揚起嘴角，露出凶惡的笑容。

6

「喂，和真你看，這些散亂的衣服！不愧是貴族啊，穿得這麼好！」

我追著達斯特，闖進了隔壁的房間。

看著在房內亂翻的達斯特，害我好想抱頭。

終究還是闖禍了。

我們現在的罪狀是非法入侵住宅。

「好了好了，那位少爺到底到底藏了怎樣的寶貝……等等，這是……！」

我應該阻止他更進一步了。

又是非法入侵又是竊盜的，已經超過底線了。

正當達斯特打開衣櫃，因發現某樣東西而驚訝時，我把手放在他的肩膀上，準備……

「和真，你看，是紅色的蕾絲內衣！混帳，他想叫琳恩穿這種東西讓他拍照啊！居然連這種東西都準備好了，那個臭變態！看我怎麼處理這種東西！」

激動的達斯特在如此大喊的同時，毫不猶豫地脫光了衣服，然後裝備了那套紅色的蕾絲內衣。

以現在的狀況來說，這個男的才是大變態吧。

「好，和真！你用掉在那裡的高級魔道相機拍我吧！先用我的裸照塞滿昂貴的底片，這樣萬一琳恩被他拍了，也可以讓他在照片洗出來的瞬間受到一生無法抹滅的心靈創傷！」

到底該怎麼說才好呢。

半受制於達斯特的魄力之下，我聽了他的話，拿起魔道相機。

這個東西的構造看起來相當單純，不過確實感覺得到裡面蘊藏了強烈的魔力。

我現在，正打算拿價值可能足以買房子的昂貴魔道具，做一件世界上最蠢的事情。

脫光衣服的達斯特雙手抱胸，做出不用手的拱橋姿勢。

穿上紅色女性內衣的變態，以鍛鍊過的粗壯頸部支撐著身體，精壯的身體描繪出完美的拱形曲線。

「好，動手吧，和真！將我的肉體之美流傳到後世吧！」

——到底拍了幾張相片了呢？

達斯特露出一口閃亮的牙齒擺出各種姿勢，而我一下子爬到桌子上，一下子躺在地上，從各種角度以魔道相機狂拍。

老鷹的姿勢、女豹的姿勢。

為了追求藝術性，我也試著讓他擺了沉思者等等的姿勢。

「很好，達斯特，就是這樣！現在的你非常閃亮！美麗的姿勢拍完了，那麼，接下來換個煽情的姿勢看看！首先輕輕咬著手指，屁股對著我！」

達斯特遵照我的指示，輕咬著拇指，擺出撩人的表情，並且將包覆在紅色內褲底下的屁股對著我。

對著這個姿勢拍了幾張之後，我進一步做出指示。

「很好，接下來終於該加入一點帥氣的成分了！張開腳，放低重心，手……對對對，就是這樣！」

穿著紅內褲的達斯特像是相撲力士踩四股的動作一般蹲低，右臂往旁邊伸直。

接著，他帶著一臉極為認真的表情，說出我教他的台詞：

「發氣揚揚！」

這時，我們終於到了極限，對著彼此捧腹大笑到眼淚都流了出來，同時用力拍著地板，在地板上打滾……！

叩咚。

然後就看見敞開的門，並和在門外弄掉了法杖，茫然地看著我們的琳恩對上了眼。

7

「……所以這是怎樣？達斯特這個笨蛋這樣做我還可以理解，連和真也這樣是在幹嘛？」

我和達斯特跪坐在琳恩和貴族青年面前。

「「非常抱歉。」」

我和達斯特同時道歉。

太大意了。

都怪我們進入了奇怪的忘我境界，才會拍愚蠢的照片拍到不自知。

看著這樣的我們，琳恩滿心感嘆地深深嘆了口氣。

琳恩看著達斯特的眼神，真是令人不忍卒睹。

應該說達斯特還穿著女性內衣褲的模樣尤其令人不忍卒睹，真希望琳恩至少可以先讓他把內褲換回來。

「唉……真是的，還害我那麼擔心你，真是白費了。啊，你想怎麼處置他隨你高興，我什麼都不會說了……和真，我們走吧。」

說著，琳恩帶著一臉疲憊至極的表情對我伸出一隻手。

「……咦？不，讓他們兩個待在一起不好吧，會出事喔。」

琳恩拉著我的手，近乎強硬地把我拖到外面來。

「沒關係啦，沒關係。我已經不想管了。」

背對著門的琳恩把門帶上之後這麼說，在走廊上往前走。

『達斯特先生，沒想到你竟然會以這個模樣出現在我的房間裡……』

『嗄？怎樣，我就是非法入侵啊，你是有意見嗎！』

房間裡傳來的，是留在裡面的那兩個人的聲音。

已經完全惱羞成怒的達斯特，感覺相當危險。

應該說，那個傢伙知不知道自己現在穿成什麼樣子啊？

「琳恩，我們還是阻止一下那個傢伙比較好吧？他肯定會對人家不利吧？」

但是，琳恩卻是一臉疲憊，目空一切地搖了搖頭。

「還不知道是他會對人家不利，還是人家會對他不利呢……我已經盡力了。嗯，我非常盡力。結果，門一打開那個笨蛋卻穿成那樣待在人家的房間裡。鴨子背著蔥自己乖乖跳進鍋子裡面還把蓋子也蓋起來了耶，事情到了這個地步，我也已經無計可施了。」

……？

我們好像有點雞同鴨講耶。

『我、我當然沒有意見啊，達斯特先生！達斯特先生……！啊啊……達斯特先生！嗚嗚哇啊，我好感動啊！琳恩小姐還說我應該死了這條心比較好，沒想到竟然會有這種事情……幸好我有加入阿克西斯教團，一直祈禱……！神明是存在的，神明真的是存在的啊……！』

『我不知道你在高興什麼，不過你要是以為任何人在面對貴族的時候都會害怕，可就大錯特錯了！無論是對付王族還是貴族，我都熟練得很。而且，現在在這裡的只是兩個男人，除此之外什麼都不重要。關於這一點，你真的明白嗎？』

『什麼！你的意思是，你絲毫不在意身分差距嗎？你說，在這裡的只是兩個男人……！啊啊……啊啊……！今天真是美好的一天，我由衷感謝您，阿克婭女神……！』

聽著達斯特和貴族青年的聲音從門後傳出來，我和琳恩一起走出旅店。

「——所以，你為什麼會在那種地方？你們兩個到底是怎麼了啊？」

離開旅店之後，琳恩滿心不解地這麼問，但我還真不知道該怎麼說……

「不，其實是這樣的……」

我將事情的始末，還有最重要的，就是達斯特有多擔心她，一五一十地告訴了琳恩……

結果，琳恩笑倒在地上，整個人喘不過氣來。

「啊，啊哈……！白、白痴喔！你們兩個人太奇怪了吧！啊哈哈哈哈！」

我也覺得她說得一點都沒錯。

而且如果是平常的我根本不會做這種事情，但我就是忍不住想像要是琳恩的狀況發生在達克妮絲身上會怎樣……

琳恩擦掉眼角冒出的淚水，肩膀依然不停抽動。

「呼——……我說啊，那個貴族喜歡的是達斯特啊。」

這句話，讓時間靜止了。

「……咦？」

她剛才說什麼？

「我是說，那個貴族喜歡的是達斯特。他是找我商量該怎麼辦才好啦。然後，他說自己也沒想過能夠和達斯特修成正果，所以至少想拍他的照片留念。」

就在這個時候……

「呀啊啊啊啊啊啊啊啊啊啊啊啊啊啊——！」

這是我之前從未聽過的，達斯特的尖叫。

旅店的二樓傳來了這種像是被掐住脖子的雞一般的苦悶叫聲。

……我原本還想讓達斯特當臨時隊友的，不過照這樣看來，暫時還是讓他一個人靜一靜比較好吧。

今天什麼事情都沒有發生。我如此說服自己，就和琳恩一起離開了。

我突然覺得好累，還是回家去睡個午覺吧。

就在疲憊不已的我思考著怎麼安排今天的行程時——

「這麼說來，因為剛才那個貴族才讓我想起一件事，原來拉拉蒂娜是貴族啊。我最近才知道這件事，嚇了一跳呢。」

琳恩若無其事地這麼說。

「真虧妳知道這件事耶。妳是聽誰說的啊？」

我不禁如此反問，琳恩卻是一副我在問廢話的樣子。

「傳聞已經傳遍整個城鎮了吧！大家都說拉拉蒂娜是達斯堤尼斯家的千金，近期之內就要和這個城鎮的領主，阿爾達普結婚了啊。」

…………

「關於那個傳聞，妳跟我說個詳細。」

第四章

與貴族千金共度最後一夜！

1

激動的我面對她們兩個，高聲宣言：

「事情就是這樣。接下來，我們要開會擬定作戰計畫，討論該如何潛入戒備森嚴的宅邸，如何才能見到達克妮絲。話雖如此，其實我大致上已經有想法了！」

回到豪宅之後，我向惠惠和阿克婭說明了狀況。

至於現在，我在大廳和她們兩個面對面開著會。

「總覺得和真好像有點激動耶。也就是說，鎮上現在一直在傳，那個像是熊和豬合體的領主要和達克妮絲結婚了嗎？我知道達克妮絲對男人的喜好不怎麼樣，可是她這次到底是怎麼了？照理來說，達克妮絲的父親應該會阻止這件事才對吧，是不是發生了什麼事啊……真是令人不爽。尤其是目前的狀況都和那個可疑惡魔的占卜一模一樣，更是讓我火大。」

阿克婭的表情顯得格外認真，在沙發上一邊孵蛋一邊這麼說。

我記得那個惡魔在占卜時說，達克妮絲的老家，還有她老爸，接下來將遭逢不幸是吧。

占卜這種東西，照理來說並沒有人會照單全收。

頂多半信半疑就很了不起了吧。

但是，這個世界有魔法也有詛咒。

「和真相信他的占卜嗎？即使現在的生活這麼寬裕，你還是依照那個惡魔所說，努力開發商品呢……我不是要學阿克婭說話，不過惡魔並不會平白幫助別人。我想，那些占卜內容和忠告，對那個惡魔而言一定有什麼好處。如果可以回去紅魔之里，就可以去找我認識的那位值得信賴又神準的占卜師大姊姊了……」

惠惠這麼說，不過……

老實說，我也不是很清楚。

確實，我也認為突然就把惡魔所說的話照單全收不太好。

我是這麼認為沒錯，但是……

「我覺得巴尼爾所說的話，也不完全是信口開河。雖然我也覺得他好像蒙混了很多事情啦，我也不知道幫助達克妮絲對那個傢伙有什麼好處……但我就不再逞強，老實承認了，我之所以那麼努力開發商品，確實是聽信占卜，想在達克妮絲碰到困難時，在緊要關頭助她一臂之力。就算占卜不準，開發商品本身也不是一件會讓我吃虧的事情。其實想法就這麼隨便……」

腦袋不太好的達克妮絲，將認為犧牲自己就可以解決一切，做出有欠思慮的行動。

巴尼爾的占卜當中，是這麼說達克妮絲的吧。

如果只是路邊遇到的隨便一個占卜師這麼說的話，或許還可以嗤之以鼻……

「無論如何，現在要斷定很多事情都還操之過急。目前的狀態只是琳恩告訴我她聽人家說有這件事，等於是間接聽來的傳聞。在還沒直接見到本人談過之前，根本不知道事情是怎樣。因為信上只寫著她要脫離小隊，我們也沒辦法深入追究。但是那個領主也把我們害得很慘，就算來硬的，我們也必須見到她，把事情問清楚。對吧？對吧？」

惠惠和阿克婭被我的氣勢所震懾，用力點了點頭。

我記得那個笨蛋說過，領主以貴族身分的相親對象來說，是個還不壞的下流胚子之類的，類似這樣的傻話。

我實在不想這樣想，不過如果是她老爸出了事，而達克妮絲本人是以自己的意志在談這樁婚事的可能性，也並非完全沒有。

畢竟，那傢伙是個偶爾會認真說出傻話的人。

沒錯。她之前還想乖乖跟著貝爾迪亞走，身體被巴尼爾占據的時候也非常開心。

前往紅魔族的故鄉時，她聽說雄性的半獸人已經滅亡，甚至還真心大受打擊。

現在還只留一封信就想脫離小隊，仔細想想，她從以前就是個讓人擔心的傢伙。

總之，這件事我一定要直接見到她本人，向她確認才行。

而且，也得順便問她那封信到底是什麼意思。

如果只是拿著一封信就去質問她的話可能還會有點過意不去，不過既然都聽琳恩說了那種事情，那就沒辦法了。

沒錯，這也是沒辦法的事情。

終於可以報復她最近害我這麼心煩意亂什麼的，因為有一段時間沒見了所以對於潛入達斯堤尼斯宅邸而感到興奮不已什麼的，這下終於有正當理由可以去見那個女人了什麼的，我當然沒有任何一點這樣的念頭。

哼哼，妳這個達克妮絲，給我等著瞧……

看著不斷動著各種心思的我，不知為何，惠惠開心地笑了。

此外，阿克婭更是一臉不解。

然後……

「和真，你最近一直那麼暴躁，但現在倒是看起來很開心呢。」

她有點開心地這麼說。

2

「好了，時間也差不多了吧。那麼，阿克婭，拜託妳了。」

時間約莫是深夜兩點左右吧。

我們現在並不是在戒備森嚴的達斯堤尼斯宅邸的正門或後門，而是在沒有任何入口的側邊待命。

宅邸四周圍了一圈鐵柵欄。

隔著柵欄，我在路旁的陰影處觀察著宅邸的狀況。

聽我那麼說，阿克婭輕聲詠唱一個又一個魔法。

她所詠唱的，是各式各樣強化肉體的支援魔法。

增加肌力，並提升速度。

雖然不知道用不用得到，不過她連提升防禦力和魔法抗性的支援魔法都施展了……

「『Versatile Entertainer』！」

接著，阿克婭詠唱了一個我之前從來沒聽過的魔法。

我的身體瞬間發出微弱的光芒，可見這應該也是某種支援魔法吧。

「剛才那招是什麼魔法？」

「變成才藝高手的魔法。」

我默默打了阿克婭一下。

沒有多加理會淚眼汪汪地掐住我脖子的阿克婭，我從背上取下弓，以及之前在對付機動要塞的時候大放異彩的，前端呈鉤狀並且綁著繩索的箭。

我在前端的部分包了好幾層布，避免在勾住屋頂的時候發出聲響。

「那麼，我出發了。」

和她們兩個商量過之後，決定由擁有潛伏技能、夜視技能等等多采多姿的潛入系技能的我，隻身闖進去。

儘管是貴族的宅邸，應該還是比起潛入王城簡單多了吧。

由於不打算危害任何人，我現在沒有帶弓箭以外的裝備。

在射完箭之後，這張弓也要讓阿克婭帶回去。

「好好表現喔。不然，乾脆打昏達克妮絲把她擄回家算了。」

「……妳、妳這個傢伙好歹也算是神職人員，說這種話沒關係嗎？」

「不，阿克婭說得沒錯。反正以達克妮絲的個性，肯定會堅持拒絕把話說清楚吧。稍微動點粗也無所謂，進去大鬧一場吧！」

「為什麼妳們會這麼激進啊？」

在阿克婭和惠惠的注視之下，我張弓搭箭，使用狙擊技能，盡可能瞄準屋頂的最上緣，射了出去。

箭不偏不倚地命中我瞄準的地方，隨著一個輕響勾住了屋頂的邊緣。

接著我維持現狀，按兵不動。看來沒有任何人因為剛才的聲響而跑出來的跡象。

我拉緊繩索，綁在圍著宅邸的柵欄上面，輕聲告訴她們兩個：

「等我爬上屋頂，就把我綁在柵欄上的繩索解開。說不定有人會巡邏，要是繩索被發現了，就會知道有人潛入。回程我自己會想辦法，妳們兩個可以先回豪宅去。」

在我拉扯繩索，確認手感的同時，她們兩個對我點了點頭。

好，該動身了！

我有如特種部隊一般，順著緊繃的繩索緩緩爬了上去。

要是沒有強化肌力的支援魔法，以我只有平均值的體能肯定得費上一番手腳。

我不費吹灰之力地爬上屋頂之後，對阿克婭打了個暗號。

確認阿克婭在下面鬆開繩索了，我以感應敵人技能搜尋人的氣息。

不用看室內就能確認有沒有人在是很大的優勢。

探尋氣息的行動持續了一陣子之後，我找到一間裡面沒有任何人在的房間。

利用鉤在屋頂上的繩索，我試圖從二樓的窗戶進入那個房間，但窗戶上了鎖。

不過，這種時候就輪到現代知識派上用場了。

「『Tinder』。」

我一隻手抓著繩索垂吊在窗邊，一隻手在玻璃旁邊點火，加熱表面。

因為沒有東西可以燒，只要魔力中斷火就會熄滅，但我還是一再點火。

終於，將玻璃的表面充分加熱之後……

「『Freeze』。」

隨著我的低語，被急速冷卻的玻璃發出輕微的聲響，應聲破裂。

我提高警覺，觀察有沒有人因為聲音跑過來看，不過沒有類似的跡象。

這招俗稱火烤破窗，是在闖空門的時候破窗的手法，一般是用打火機和水進行。

剛學會上網的時候，我的中二病還沒痊癒，明明沒打算實際應用，那個時期卻還是一直收集各種危險的知識。

這招也是我在那個時候學會的無用知識，沒想到真的會實際派上用場……

我將手指伸進玻璃裂開的缺口部分，一點一點剝開窗鉤附近的玻璃。

最後，我弄出大小足以打開窗鉤的缺口，便開窗進入房間之中。

在這個瞬間，我終於從冒險者轉職為闖空門的小偷了。

好了，我順利潛入了宅邸，問題是接下來該怎麼找出達克妮絲的房間。

偷偷沿著走廊前進，一一確認每個房間嗎？

不，既然有巡邏人員，即使用了潛伏技能也相當有可能會被發現。

這時……

「真的有聲音嗎？」

「不，希望只是我聽錯了……」

門外的走廊上傳來這樣的對話聲。

我頓時驚慌失措，連忙拉起窗簾遮住破掉的窗戶，並且撿起散落在地毯上的玻璃碎片。

聽著喀嚓喀嚓的開鎖聲，我急忙鑽進床底下，然後發動潛伏技能。

隨著開門聲，我聽見一道傻眼的語氣說：

「你看，根本沒怎樣啊。諾里斯，拜託你別那麼膽小好嗎？不說了，我們下去請廚房幫我們煮宵夜吧。」

「不、不好意思……我覺得好像有聽到很輕微的破裂聲……」

聽著門被關上，腳步聲也越來越小，我還是動也不動，靜觀其變。

他們說要去廚房吃宵夜，那想必是宅邸的巡邏人員吧。

這樣的話，看來還是無法一間一間確認房間了……

既然如此，去剛才的巡邏人員所說的廚房，就說拉拉蒂娜大小姐想吃宵夜，然後等廚師端宵夜去達克妮絲的房間時就跟在他後頭……！

……但這樣要克服的困難太多了。

我又不能露臉，也沒能幹到有辦法模仿剛才那個巡邏人員的聲音。

這種時候，要是有多才多藝的阿克婭在的話，搞不好有辦法模仿聲音吧。

……多才多藝。

我無意間想起一件事情，清了清喉嚨。

巡邏人員之一，好像叫諾里斯是吧。

「……我的名字是諾里……斯……！」

我試著模仿了巡邏人員的聲音，結果完成度之高連我自己都嚇了一跳。

這是怎樣，像到好噁心啊！

我想起剛才阿克婭為我施展了變成才藝高手的支援魔法，就隨便試了一下，結果……！

「這、這招也太扯了……啊——啊——達克妮絲。喔喔，是達克妮絲……！無論怎麼聽都是達克妮絲的聲音！」

我也試著模仿達克妮絲的聲音，結果同樣是像到嚇死人。

太好用了，這招太好用了！

回到豪宅之後，我要向阿克婭道歉才行。

…………

「和真大人好帥！請占有我吧！」

模仿達克妮絲和其他人的聲音玩了好一陣子，我才回過神來。

不行，現在不是一個人玩這種遊戲的時候，我差點就忘記原本的目的了。

從來沒有哪個瞬間讓我像此刻一樣這麼想要一台錄音機，不過現在還是該以見到達克妮絲為優先。

總之，先去廚房看一下狀況好了。

我如此判斷，便悄悄離開了房間，發動潛伏技能——

跟在剛才的巡邏人員後面，找到廚房之後，我確認他們離開了，才走向門邊。

我清了清喉嚨，回想諾里斯的聲音。

然後，我略帶慌亂地敲了門，有如連珠炮一般單方面把想說的話都說完：

「抱歉，我是諾里斯！大小姐拜託我幫她端宵夜過去，可是我忘記了！但我還有巡邏的工作，可以麻煩幫我送去大小姐的房間嗎？」

說著，我在心裡向連長得怎樣都不知道的諾里斯先生道了歉。

「真是的，你這個冒失鬼。平常那麼膽小，還忘記這麼重要的事情。知道了啦，我幫你送過去就是了，辛苦了。」

門內傳出聽起來像是苦笑的聲音，以及這樣的回答。

我繼續裝出相當趕時間的樣子說：

「謝謝，感激不盡！」

留下這麼一句話，我就假裝慌張地離開了現場。

然後我立刻躲到東西後面，靜靜等待廚師離開廚房。

終於，不知道等了多久，我就感覺到廚房那邊有了動靜——

3

「大小姐，我端宵夜過來了。」

說著，廚師敲了敲門。

我躲在暗處，偷看門前的狀況。

很好很好，找到達克妮絲的房間了。

廚師敲了好幾次門，房間的門終於打開了。

達克妮絲似乎已經就寢。穿著絲綢睡衣，頭髮放下來的她，揉著眼睛迎接廚師。

廚師連忙將視線從達克妮絲身上移開。

「那個，諾里斯說大小姐想吃宵夜……」

「……？我沒說過啊？」

聽達克妮絲一臉很想睡地這麼說，廚師儘管疑惑，還是低頭道歉：

「……！非、非常抱歉，這麼晚了還來打擾大小姐！」

說著，廚師連忙告退。而達克妮絲狐疑地看著這樣的他，接著就關上了房門。

在廚師歪著頭從我身邊經過之後，過了一會兒。

抓準了沒有其他人出現在附近的時機，我敲了敲達克妮絲的房門——

「大小姐，請醒醒。一個名叫佐藤和真的男人在深夜的這個時間出現，說無論如何都想見大小姐一面……！」

我模仿名叫諾里斯的巡邏人員的聲音，對著房間裡面呼喊。

不久之後，裡面傳出了聲響……

「……我不是交代過，名叫和真、阿克婭、惠惠的人來訪時千萬別傳達嗎？真是的，那個傢伙在這種時間過來幹嘛啊……真是的……真是的……！」

從門的另一邊傳過來的，是一道聽起來相當痛苦，同時又有點開心的細微聲音。

「可是大小姐，那個名叫和真的男人是這麼說的……如果不將他來訪的事情告訴拉拉蒂娜大小姐，他就要對公會的每個人爆料大小姐不可告人的祕密……」

聽我這麼說，門的另一邊響起開心的笑聲。

然後……

「呵呵，那個傢伙還是老樣子……你告訴和真，他愛怎樣就怎樣。反正，我也已經不會在冒險者公會露臉了……」

接著傳來的，是達克妮絲消沉的聲音。

…………

「可是大小姐，那個男人現在在門口對家裡的人說些閒言閒語。像什麼，最近大小姐的腹肌線條越來越明顯，而且很在意這件事，所以希望我們減少大小姐的餐點當中的蛋白質之類。」

門後傳出東西掉到地上的聲音。

「還有，大小姐會將非常可愛的洋裝比在身前還喜不自勝地笑出來，所以希望我們也幫大小姐準備那種風格的衣服。」

門後再次傳出一連串東西滾到地上的聲音。

接著，達克妮絲顫抖的聲音在門後響起。

「那、那那那、那種謠言……那種謠言全部都是謊話，是虛構的，告訴家裡的人，千萬別被他騙了！」

……………

「可是，他還說了更誇張的事情，但我不知道該不該說。」

「……你說說看。」

我深深吸了一口氣之後說：

「他說，大小姐日夜都不知道該如何排解那成熟肉體的性慾，明明還是處女卻每天……」

這時眼中噙淚，臉頰泛紅的達克妮絲奮力打開門，衝了出來。

然後就這樣和我對上了眼。

「！！？？？？！？？！？？」

達克妮絲站在原地，嘴巴不斷開闔，瞪大了眼睛，倒抽了一口氣。

衝啊——！

4

我一隻手摀住達克妮絲的嘴巴，然後以這個姿勢將她推進房間裡。

在瞪大眼睛，驚慌失措之餘，達克妮絲以雙手抓住了我的右手。

接著她試圖就這樣把我拉開，但是……！

「經過阿克婭的支援魔法強化過的我，哪有那麼容易輸給妳啊！」

我在她耳邊如此低語，反手關了門還上了鎖。

聽見喀嚓的上鎖聲，不知為何，達克妮絲整個人瞬間抖了一下。

我繼續用右手摀著達克妮絲的嘴以免她發出聲音，然後用空著的左手抓住達克妮絲的右手腕，並且迅速確認室內。

大概是因為她直到剛才都還在睡覺吧，房間裡並沒有燈光。

只有從窗外射進來的星光，照耀著我和達克妮絲的臉。

即使要就這樣壓制著她說話，把她壓在地上也不太好吧……

這時，我發現達克妮絲身後有一張大床。

我在依然被抓著的手臂上運了力，倏地就將達克妮絲抬了起來。

「！」

她大概沒想到貧弱如我，能夠單手將她抬起來吧。

也不知道是不是就那麼想把達克妮絲帶回去，我總覺得阿克婭今天的支援魔法和平常不太一樣。

抬起達克妮絲之後，我一口氣往前衝，順勢將她推倒在床上。

隨著一道輕柔的聲響，達克妮絲整個人陷進了大床裡。

我一面小心被踢，一面將自己的身體塞進達克妮絲的雙腳之間，穩穩壓制住她。

好了，這樣就不用怕她抵抗，可以好好談話……？

……達克妮絲原本抓住我的手臂的手不再用力，整個人癱軟在床上。

不一會兒，達克妮絲的眼角微微泛出淚光，眼睛越來越濕。

在微弱的星光之下，我清楚看見她的臉頰泛紅。

因為被我摀著嘴，她急促的喘息從我的手指之間洩出……

……不對！

這狀況是怎樣，是不是不太妙啊？

喂，妳抵抗一下啊！不，妳抵抗了我也會很傷腦筋就是了！

現在，有阿克婭拿出真本事施展的支援魔法在我身上，我不覺得自己會輸給達克妮絲。

但是，她現在像是放棄了似的，呈現出這種毫無防備的狀態，反而更有問題……！

我在陰暗又安靜的房間裡輕聲說：

「唔……喂，達克妮絲，妳可別誤會喔！雖然現在的狀態非常奇怪，不過這是那個，我只是來找妳問話的，不是來夜襲，妳可別搞錯了喔……喂！妳幹嘛一副放棄抵抗的樣子還閉上眼睛啊！別這樣好嗎！這樣氣氛會越來越奇怪啦！別這樣！這樣很不妙，很多方面都不太妙！」

要說什麼東西不妙的話就是我最不妙了。

原本是為了問話而潛入，結果因為達克妮絲太煽情，就這樣順應情境而跨越了最後一道界線——要是我回去敢這樣報告的話，搞不好會被爆裂魔法和復活魔法的連續攻擊轟到她們兩個滿意為止。

我繼續搗著達克妮絲的嘴，用力搖晃她。

「喂，妳乖乖聽我說喔！我只是為了問妳話才潛入這裡的！聽好了，我等一下就把手放開，妳可別大喊喔！我是來溝通的喔！」

我拚了命如此表示，達克妮絲才微微睜開眼睛，點了一下頭。

太好了……

也不知道為什麼，我剛才比和任何敵人戰鬥的時候都還要緊張，著急得不得了。

「好，那我要放開了喔，妳可別叫喔。」

看見達克妮絲用力點了點頭之後，我保持著即使她大叫也能夠立刻摀住她的嘴的姿勢，放開了手。

嘴巴重獲自由之後，達克妮絲一臉難為情地轉過頭去。

「那個……和真，你也轉過頭去好嗎？現在這樣的姿勢，而且又在這麼近的距離看著彼此談話，有點……」

聽達克妮絲這麼說，我連忙轉頭面向與她面對的反方向。

「好、好啊，說的也是。抱、抱歉，把狀況搞成這樣……不過，妳是怎樣啊，為什麼寄那種信……」

正當我的注意力不在達克妮絲身上，話說到一半的時候——

「有賊人——！有採花賊……唔咕……！」

嘖，這個女人給我來這招！

混帳，我太大意了，可惡！

我連忙摀住達克妮絲的嘴，但已經太遲了，走廊上接連響起「噠噠噠」的聲音。

是有人往這邊衝過來的腳步聲。

糟糕糟糕糟糕糟糕怎麼辦！

在我的身體下方，嘴巴被摀住的達克妮絲以勝券在握的挑釁眼神看著我。

而且她的眼睛明顯在笑。

這個女人——！

「怎麼了，大小姐！我現在要開門了，恕我失禮！」

隨著這樣的聲音，門鎖也開始喀嚓作響……！

可惡，達克妮絲自以為勝券在握的表情真是可恨！

不過，妳可別以為我會就這樣完蛋……！

「不要開！我現在的模樣不太能見人！抱歉，我只是玩得有點激烈，太有感覺就叫出來了！」

聽見我的聲音，達克妮絲嚇得瞪大了眼睛。

沒錯，因為這是達克妮絲的嗓音。

「呃……可是我必須確認到大小姐平安無事才行……而且，都這麼晚了，您是在玩什麼……」

宅邸裡的人懷疑我的說詞。

這也難怪，又不能保證不是因為被入侵者威脅才這麼說的。

「能夠玩得那麼激烈的當然是大人自己玩的遊戲，別讓我明說，太難為情了。」

「大小姐……！」

門外傳來愣住的聲音。

同時，達克妮絲用還能活動的手一把抓住我的右手。

「怎麼，你說想確認我平安無事，其實是想看我衣衫不整的模樣嗎，你這個大變態噫噫噫噫——！」

達克妮絲淚眼汪汪的狠狠瞪著我，並且像是要把我的右臂握爆似的用力收緊左手。

我的聲音因為疼痛而拔高，外頭的人聽見了，連忙再次大喊：

「您、您怎麼了！」

我忍耐著右臂被握緊的疼痛，同時說：

「沒、沒事！我忘記那個不正經的魔道玩具還開著呃呃呃呃！啊啊啊，會、會斷掉！我快不行了！再這樣下去我真的……！真的會壞掉——！」

「恕、恕我失禮！我我、我先離開了！」

門外響起慌忙跑掉的腳步聲。

看來，外面似乎有好幾個人也聽見達克妮絲的喊叫而聚集過來，不過也不知道那個人是怎麼說明的，總之不久之後我感覺到眾人逐漸遠離的動靜。

我好不容易忍著手臂的疼痛，對著淚眼汪汪，不停顫抖的達克妮絲咧嘴一笑。

5

達克妮絲伸出手指，戳了戳我摀著她的嘴巴的手。

她大概是想表示自己不會再大喊了，要我放開她吧。

我把手拿開之後，達克妮絲喘了一口氣。

我看了一下被達克妮絲握住的手臂，發現上面多了一塊掌型的瘀青。

要是沒有阿克婭的強化防禦力的支援魔法，可能真的已經斷掉了吧。

達克妮絲一臉傻眼地說：

「……真是的，你這個傢伙依然這麼誇張。你要怎麼負責？這下子從明天開始，家裡的人就會在背地裡稱呼我為變態千金了……嗯嗯……！」

說到這裡，她突然抖了一下。

「妳這個傢伙覺得這樣也不賴對吧？」

「才沒有。」

「肯定有。」

就算在這種時候，這個傢伙還是老樣子……

「所以，到底發生了什麼事？妳說要脫離小隊是什麼意思？她們兩個也在擔心妳喔！有什麼苦衷至少也說明一下吧，我們……」

「是同伴耶」這幾個字還沒說出來，我突然覺得差點順勢說出老套台詞的自己很丟臉。

達克妮絲像是看穿了我這樣的心情，呵呵笑了兩聲。

「有些事情正因為是重要的同伴才說不出口……不過，事情也沒什麼大不了的，是因為我家裡的狀況。我們家向那個領主借了錢。原本，這筆債款是由家父一點一點慢慢償還……但其實最近家父的身體狀況不佳。所以，那個領主便開始催促，問我們能否在家父還活著的時候清償……然後，他又說只要我願意嫁給他，債款就能一筆勾銷。只不過是這樣罷了。」

這是怎樣？

「你們家欠那個領主錢？再說了，妳老爸不是這個國家的大官嗎，國王不會設法幫你們解決嗎？而且，這樣……」

我頓時語塞。

這樣簡直就像是……

「沒錯，就像是被抓去抵債一樣……不過，這在貴族之間並不是什麼太稀奇的事情。貴族家的女兒嫁去別的貴族家。只是這樣罷了。」

達克妮絲像是在說一件沒什麼大不了的事情一般這麼表示。

看見我的表情，達克妮絲說：

「別擺出那種臉嘛，和真。你也知道我對男人的品味和喜好吧？那個領主似乎很想要盡可能趁早將我占為己有，一心只想將結婚的日期提前，進行準備的過程跳過了各式各樣的儀式跟禮俗。那隻呼吸沉重的肥豬領主，感覺已經急到在洞房之夜前就會忍不住在新娘準備室把我推倒了呢。呵呵，照他那個樣子看來，很有可能會不吃不喝地需索我的身體好幾天啊。我好興奮啊……！」

她半開玩笑地說完，輕輕笑了一下，像是想蒙混什麼似的。

……既然如此，妳為什麼一臉那麼寂寞的樣子啊……我不禁想這麼說。

「所以妳才那麼想只靠我們幾個的力量打倒多頭水蛇嗎……不好意思，我後來找了那麼多人去，反而是多此一舉……債款有多少？不夠的部分就由我來……」

「可別說要由你來付喔，和真。我是貴族。照理來說，應該是我們保護庶民。要是得讓庶民以拚命賺來的錢幫我們清償債款，我寧可選擇賣身……而且，債款的金額多到你現在的財產也付不清。」

達克妮絲打斷了我的發言，凝視著我。

依然壓在她身上的我，在星光之下，端詳起久未謀面的達克妮絲。

看起來高貴又好強的碧眼，筆直地注視著我。

金線般的髮絲在床上散開，反射著星光，發出淡淡的光芒。

或許是因為在被摀著嘴的狀態下掙扎過，達克妮絲的呼吸依然略顯急促，一顆汗珠從她的臉頰上滑落。

隨著她急促的呼吸，覆蓋在輕薄罩衫底下的胸部也伴隨著強烈的存在感上下起伏。

而且，因為和我扭打過，達克妮絲的睡衣已經從肩上滑落，下襬也掀了起來，身體更是散發著熱氣，微微泛紅——

情急之下，我開始在腦中詠唱能夠讓精神恢復清明的魔法。

『躺在客廳的半裸老媽……』

『原本還期待不知道是誰的，最後發現是阿嬤的內褲……』

『穿著紅色女性內褲的達斯特的屁屁啊——！』

『可以的話，請賜給吾之內心片刻的安寧吧！』

詠唱魔法這招奏效，我冷靜到連自己都嚇了一跳。

很好，沒問題，這樣就可以輕鬆忍下去了。

就在我找回平靜之後——

從下方一直仰望著我的達克妮絲露出柔和的微笑，輕聲對我說：

「……與其就這樣白白被那個領主糟蹋……吶，和真。乾脆……我們兩個就在這裡一起變成大人吧……？」

剛才那魔法的功效瞬間不知道飛到哪裡去了。

冷靜一點，佐藤和真，你仔細想清楚。

達克妮絲是因為已經打算嫁人了才會這麼說。

她是因為已經放棄了，所以認為再也不會和我們見面了。

但事情不能就這樣結束吧？

沒錯，哪能讓達克妮絲嫁到那種傢伙的家裡去，一定要設法解決這個問題。

既然如此，在這裡跨越最後一道界線的話，日後只會更尷尬。

難道你想和達克妮絲湊成一對嗎？

沒有吧，振作點佐藤和真，你是來這裡幹嘛的！

正當我在努力說服自己時，達克妮絲輕輕抓住我的右手。

然後將我的手往她的身體貼近……！

不過，達克妮絲似乎沒有那個勇氣直接就把我帶往自己的胸部貼過去，抓著我的手不知道該如何是好。

看見她略顯不安的表情，我煩惱了兩秒鐘左右的結果……！

我決定不管之後的事情，就這樣隨波逐流了。

我輕輕將被抓住的右手放在達克妮絲的腹部上，她抖了一下。

然後，她輕輕閉上眼睛。

我心想好像應該說些什麼話來紓解達克妮絲的緊張，便將手滑過她白皙細嫩的腹部，同時說了……！

「……妳的腹肌線條真的很明顯耶。」

6

——只憑藉著星光，我和達克妮絲在房間中央對峙。

也不知道剛才充滿情趣的發展消失到哪去了，站在我面前的，是眼中布滿血絲，緊握雙拳，並擺出戰鬥架勢的達克妮絲。

「是我不對，剛才是我不對！不小心就說出口了！抱歉，剛才的氣氛實在太煎熬了！」

「本小姐有時候也會真的動怒！混帳，竟然如此愚弄下定決心的女人，別以為自己可以全身而退！看我宰了你！」

「大小姐，請別說什麼宰不宰的，太粗魯了！……什麼嘛，妳真的喜歡我嗎？既然如此直說不就好了！」

「誰會喜歡你這種大笨蛋！我真的生氣了！還有，不准叫我大小姐！」

達克妮絲如此大喊，同時揍了過來。

就連速度也得到支援魔法強化的我，輕而易舉地閃過她的拳頭。

走廊上傳來了眾人衝過來的腳步聲。

大半夜的吵成這個樣子，大概很難蒙混過去了吧。

「呵呵，怎樣啊，和真，家裡的人隨時會衝進來！要是就這樣被發現了，你可沒辦法全身而退。你潛入了貴族千金的寢室，如果我不袒護你的話，你的腦袋肯定會搬家。好了，跪下來求我吧！」

或許是因為我輕鬆躲過攻擊讓她更火大了吧，達克妮絲的怒氣之強烈可以說是前所未見。

不久之後，房間前面出現了許多人的氣息，並且有人用力敲起房門。

「大小姐！大小姐，我要開門了！」

聽著家裡的人如此吶喊，達克妮絲張開雙手，擺出擒抱的姿勢，然後直接朝我撲了過來。

平常我應該會閃躲才對，但是有了阿克婭拿出真本事的支援，現在的我不覺得自己會輸。

而且，達克妮絲讓我們那麼擔心，還害我費盡千辛萬苦來到這裡。

事到如今，我哪能低頭道歉！

「放馬過來啊，長處只有性感的肉體、防禦力和肌力的情色騎士！讓我看看妳連比力氣也輸給最弱職業的冒險者而嚎啕大哭的模樣吧！讓妳親身體會一下我在王都展現過的真本事！」

我用達克妮絲的聲音如此回嘴，同時伸手接住達克妮絲抓過來的手，成為四手互握的態勢。

「不、不准模仿我的聲音！」

「大、大小姐！您到底是在玩什麼啊！」

門外傳來困惑的聲音。

聽見我和達克妮絲用一樣的聲音互相爭執，想必讓他們混亂不已。

接著又響起「喀嚓喀嚓」的開鎖聲。

我轉頭面對門口……！

「鼻要開——！拉拉蒂娜現在全裸！不口以看——！」

「咦咦！非、非常抱歉……！」

我模仿的聲音，讓開鎖的聲音瞬間停止。

同時，我趁隙使用「Drain Touch」開始吸取達克妮絲的體力。

但是，體力比王都的騎士們強上十倍的達克妮絲，就算是稍微被我吸一下，也不會為之所動。

達克妮絲在和我互握的手上多用了幾分力，紅著臉說：

「不准用我的聲音說什麼鼻要！喂，儘管進來，不需要顧慮任何事情！是入侵者，入侵者會用模仿我的聲音的魔法！」

「遵、遵命！我馬上開！」

試圖開鎖的聲音再次響起。

該死的傢伙——！

「哈哈哈哈哈！和真，是我贏了！一直以來我也像這樣和你打過好幾次架，能夠在最後做個了斷，我已經心滿意足了！」

承受著我的吸收的同時，達克妮絲勝券在握地這麼說。

說什麼最什麼後啊，別開玩笑了，聽妳這麼說我哪還能輸啊！

我突然不再使力，讓自以為勝券在握，重心前傾的達克妮絲猛然往前倒。

利用這個破綻，我抽回和達克妮絲互握的左手，伸進她的背上。

接著我不再模仿她的聲音，如此大喊：

「『Freeze』——！」

「嗯啊啊！」

背後突然被凍結魔法襲擊，達克妮絲放聲尖叫，開始顫抖。

趁臉頰漲紅的達克妮絲不停顫抖，跪倒在地的時候，我將被抓住的右手也用力拉開。

「大小姐！」

然後對著被猛然打開的房門伸出右手，掌心向上。

「『Create Earth』！」

已經變成每次必用的，破壞視力的初級魔法連擊。

看見我在掌心製造出來的乾土，達克妮絲也發現是這麼回事，準備警告大家，放聲大喊，但是……

「所有人，遮住……！」

在達克妮絲還沒說出「眼睛」二字以前。

「『Wind Breath』——！」

我已經施展了魔法——！

7

我是和真。

是來自日本的冒險者。

我的夢想，是在不需要擔心金錢問題的狀態下，過著優遊自得，遊手好閒，而且恣意妄為的生活。

原本懷抱著如此平凡的夢想，過著得過且過的和平生活的我……

「找到了嗎！這邊的陰暗處沒有人！對方會用潛伏技能，看起來什麼東西也沒有的地方還是要摸摸看！千萬別讓他逃了，絕對要抓住他！賭上達斯堤尼斯家的名聲，你們一定要抓到那個男人，把他帶過來見我！」

「「「遵命，大小姐！」」」

現在，正在思考該如何逃離真心暴怒的達克妮絲。

「和真——！你在哪裡！如果自己乖乖現身的話，你只要挨我全力出拳十下，我就饒了你！不過，如果是被我找到的話，我可不會這麼便宜你！」

理智線斷裂的達克妮絲，在潛伏中的我身後不遠處如此大喊。

聽著達克妮絲他們這樣的聲音，我壓低身子，偷偷摸摸地沿著走廊前進。

現在的達克妮絲，已經是完全失去理智的狀態。

這樣根本談不了任何事情，今天還是先撤退吧。

而且要是被現在的達克妮絲逮到，因為她知道阿克婭會用復活魔法，就算我真的被她宰掉也不足為奇。

為了逃出宅邸，我嘗試潛入附近的隨便一個房間。

幸運的是，那個房間沒有上鎖。

很好，再來就是從窗戶逃出去了。

就在我一邊這麼想，一邊接近窗戶的時候……

房間中央的床上，傳來一道非常細小又虛弱的聲音。

「……那裡……有人嗎……？」

是達克妮絲的老爸。

即使在沒多少亮光的房間裡，我也看得出他的臉頰消瘦，臉色蒼白。

「啊啊，是你啊……這麼晚了，你怎麼會出現在這種地方……原來如此。看來，小女有幸結交到好同伴呢……」

達克妮絲的老爸這麼說，消瘦的臉頰上掛著笑容。

看來，她老爸光是看見我在這種時間出現在這裡，就看穿我闖入他們家宅邸的目的是什麼了。

不愧是人稱王國首席參謀的人。

不過，他現在看起來一點也不像之前見到的那個模樣。

原本那麼充滿活力的他，現在是笑得這麼虛弱。

有什麼病會在這麼短的時間內惡化到這麼嚴重嗎？

走廊上不斷響起有人跑來跑去的腳步聲。

「達克妮絲的老爸，不好意思，在你生病的時候打擾，不過你家女兒現在生氣到抓狂了，能不能請你勸她兩句啊？」

聽我這麼說，達克妮絲的老爸在棉被底下開心地笑了。

「這樣啊。最近一直鬱鬱寡歡的小女，現在那麼生氣啊。」

達克妮絲的老爸，這一點都不好笑。

……對了。

「達克妮絲的老爸，我聽說你們家欠那個領主大叔錢是嗎？可是，我不覺得你會向那種大叔借錢啊。再說了，你們家的生活感覺也沒有奢華到那種地步，為什麼會欠他錢呢……」

我對達克妮絲的老爸提出我心中的疑問。

雖然在他身體欠安的時候這麼做讓我很過意不去，但是既然達克妮絲不肯告訴我詳情，我也只能問她老爸了。

「……嗯，和真。你果然相當聰明。看來，我還是把小女交給你好了。不好意思……能不能請你帶著她，逃到別的地方去呢……？」

這個人又在說什麼傻話啊。

我明明是問他為什麼會欠人家錢，他幹嘛建議我和他女兒私奔啊？

「不，我拒絕。我要用力拒絕。再說了，我現在可是被府上的千金追殺才會逃到這裡來的耶。不是我要說，你也把女兒養得太嫻淑了吧。」

「哈哈，你說得沒錯。她是個非常嫻淑又善良的孩子。她純真，又怕羞，最討厭給別人添麻煩了。」

你在說的是誰啊……我很想這麼吐嘈，不過還是閉嘴吧。

不但沒有多加理會我的諷刺，還莫名地誇了自己的女兒幾句。

我不知道達克妮絲的老爸生的是什麼病，不過肯定連腦袋都壞掉了吧。

達克妮絲的老爸儘管身體虛弱，卻以依然炯炯有神的眼睛直視著我，同時說：

「理由請你別問。那筆債，是小女自願欠下的……不過那不礙事，只要你願意帶著小女逃走，再來只要賣掉這棟宅邸就能籌到不少錢。而且，目前我正在設法處理這件事，或許就連債務都能取消。」

或許能將債務取消。也就是說，那是不當債務嗎？

也罷，反正債務的問題，這位能幹的老爸應該會設法解決。

「更重要的是，小女過於衝動，執意要嫁過去。無論如何我都想阻止這件事……和真，我認為小女不但不討厭你，還對你頗有好感。也許是做父親的眼光比較偏頗，不過我覺得她也頗具姿色……你意下如何？」

「哪有什麼如何不如何的，你女兒剛才還說要宰了我呢。」

而且，眼前還有別的事情更重要。

「達克妮絲的老爸，你是哪裡不舒服呢？我們隊上有個優秀的……不，唯獨魔法算是優秀的大祭司。優秀到連復活魔法都會用的程度。我不知道你是哪裡不舒服，不過我還是帶那個傢伙來看看你好了。」

這種時候正是那隻米蟲發揮作用的時候。

不過，達克妮絲的老爸帶著微笑回應了我的提議：

「……不，沒用的。治療魔法無法治療疾病。而且，復活魔法也無法讓因病而死的人還魂。病死乃壽終正寢。神之奇蹟，不會發生在壽終正寢的人身上。無論死因為何，能夠享盡陽壽而進入神之殿堂，原本就是值得高興的事情……所以，請你不要露出那種表情。」

不知不覺間，我的情緒似乎表現在臉上了。

「至少讓我們家的大祭司診察一下好嗎？我還是覺得，你的身體狀況在這個時間點突然變差……」

「你在懷疑是領主對我下毒嗎？」

在我說出口之前，達克妮絲的老爸已經先如此表示。

……他說的沒錯。

那個領主對達克妮絲那麼執著，由此看來，還是認為其中有鬼比較妥當。

但是……

「我已經調查過了。不，應該說我首先調查的就是這件事。但沒有檢驗出毒素。」

……說的也是，他是個能幹的貴族。

思慮肯定比我還要周全。

「還沒嗎！還找不到他嗎！和真，給我滾出來！然後給我在我家的人們面前說明那些話是你模仿我的聲音所說，解開他們的誤會！」

達克妮絲的聲音從走廊上傳來。

聽見那個聲音，他老爸苦笑著說：

「吶……她就交給你照顧了喔。」

我、我不要……

「不能找國王還是誰商量一下，請他們幫忙解決嗎？你對國家而言是相當重要的人物吧？既然是那個領主害你欠下的不當債款……」

聽我這麼說，達克妮絲的老爸閉上眼睛。

然後緩緩搖了搖頭。

「就算那麼做，小女還是會嫁過去。也不知道她是遺傳到誰，非常頑固。要是請國王幫我們墊錢，她一定會說『別將國民的稅金用在這種事情上』，照樣以自己作為交換條件，抵銷債務吧……真是的，那個孩子怎麼會那麼死腦筋呢。」

就是說啊。

你說的真是一點都沒錯。

那你既然是她老爸，也想辦法教教那個頑固的女兒吧……

這時，突然有人用力打開門。

出現在門外的，是呼吸急促，站得直挺挺地看著我們的達克妮絲。

「呵呵呵……你在這種地方啊，和真。哈哈哈！好了，我該如何處置你呢……！」

「喂，這裡有病人耶，開門關門的時候小力一點好嗎？還有，妳冷靜一點，我是因為擔心妳，才會代表大家來到這裡……！」

氣到兩眼發直的達克妮絲根本聽不進我說的話。

「吵死了！擔心我的人會在這麼短的時間內害大家對我的評價跌到谷底嗎……！這件事是貴族之間的問題。像你這種庶民不要來淌這種混水，乖乖待在豪宅裡忙著做那些奇怪的東西就好了！」

這個女人——！

「夠了吧，別管什麼債務了！當作沒那種東西，跟我們一起逃走吧！然後大家一起在新的土地上重新來過不就得了！而且，妳也知道吧？要是我就這樣什麼都沒達成，厚著臉皮回自己的豪宅去的話，那兩個傢伙……！尤其是惠惠，她肯定會幹出什麼好事來！到了妳的結婚典禮那天，搞不好會場還會整個消失！」

「有膽就試試看啊，到時候我就把你當成主謀抓起來！不想被捕的話就好好看住她們兩個！我不會逃走的！要是我逃走了，就會有別人遭殃！……還有，除了這件事之外……！」

說著，達克妮絲朝我衝了過來。

看來她打算趁嫁人之前，在最後做個了斷！

糟糕，我會被殺掉！

我直接向後轉，朝著窗戶拔腿就跑。

「妳這個死腦筋的頑固女！夠了，隨便妳啦！日後無論碰到什麼事情，就算妳哭著跑來找我也不會管妳了！」

留下這句話，我對著窗戶使出飛踢……！

「想要我救妳的話，就隨時過來豪宅道歉！就說『對不起害和真大人擔心了，我還是需要您的幫助』……嗚哇——！」

結果窗戶玻璃出乎意料地硬，光是一記飛踢無法輕鬆踢破，害我整個人撞上窗戶。

與其說是踢破，更像是撞破了窗戶的我失去了平衡，跟著碎玻璃一起往地面落下。

儘管只是從二樓的高度摔下來，肩膀著地的我無法採取護身倒法，還是痛得在地上打滾了好一陣子。

衝到窗邊來的達克妮絲俯視著這樣的我……

「您、您沒事吧，和真大人！你這個傢伙才是，要是你說聲『對不起，達斯堤尼斯大人，請救救我』的話，我也可以考慮幫你治療喔！」

然後肩膀大幅抖動，忍著笑這麼說。

我鞭策著疼痛的身體，為了逃離聽見騷動而趕過來這裡的守衛，硬是爬上鐵柵欄……！

「可、可惡，達克妮絲！就算妳哭著過來求救，我也絕對不會幫妳了！可惡，別過來！『Create Water』！『Freeze』！」

達克妮絲滿心歡喜地目送著我。

而咒罵著她的同時，我絆住追趕過來的守衛，並逃回豪宅。

8

「嗚咕咕咕咕……！阿克婭——！阿克婭——！幫我療傷！幫我療傷！」

好不容易回到豪宅的我，來到一邊在大廳的沙發上打盹，一邊孵蛋的阿克婭身邊。

或許是難以和阿克婭以及惠惠見面，達克妮絲也沒有追到豪宅這邊來。

「……呼啊？……等等，和真你是怎樣，渾身是傷耶！你見到達克妮絲了嗎？為什麼會那麼遍體鱗傷啊？你又說了什麼蠢話嗎？」

阿克婭一邊滔滔不絕地這麼問，一邊為我施展了治療魔法。

是說，妳看見我遍體鱗傷，為什麼一副有點高興的樣子啊？

因為我們的吵鬧聲，同樣睡在沙發上的惠惠也醒了。

「和真，你回來啦。怎麼了嗎？你是不是又說了什麼不該說的話啊？成功說服達克妮絲了嗎？」

這下子我很清楚妳們平常都是怎麼看待我的了。

阿克婭以治療魔法治好了我的傷，但我現在覺得非常不爽。

帶著揮之不去的煩躁，我準備走向二樓回自己的房間。

「不管了，我不管那個傢伙了！除非她跑來哭著求我，不然我不管她了！誰理她啊，剩下的事情交給妳們去搞！」

我像是在生悶氣的態度，讓阿克婭和惠惠面面相覷。

「啊……達克妮絲答應過我，等這個孩子出生之後要幫我搭小屋給牠住的耶……」

阿克婭失望地看著懷裡的蛋。

而惠惠……

「和真，我不知道發生了什麼事，可是現在不是生悶氣的時候吧？應該說，最根本的問題是，達克妮絲到底是為什麼必須嫁人才行啊？」

則是對著走向二樓的我的背影這麼說。

我原地停下腳步說：

「欠人家錢啦。他們家背負龐大的債務！然後，只要和領主結婚，那筆帳就可以算了！」

「唔……是因為錢啊。我不知道他們家到底欠了多少錢，不過我也才剛寄錢回老家，手頭上所剩無幾……」

說著，惠惠看了看她塞滿折價券和集點卡的錢包，煩惱地嘆氣。

「真拿她沒辦法。如果需要錢的話，要我打開最寶貝的存錢筒也不是不行喔。」

孵著蛋的阿克婭說了這種無濟於事的話。

我不知道他們家到底欠了多少錢，但是再怎麼說，達克妮絲也是個大貴族，然而債款多到她必須獻身才能相抵。

以惠惠和阿克婭的零用錢而言，想必是杯水車薪。

我背對著如此表示的她們，走向自己的房間。

「那個傢伙都已經決定那麼做了，就別管她了啦！在那個傢伙哭著過來道歉求我之前，我絕對不會做任何事情幫她忙！」

這時，惠惠對著我說：

「和真，現在不是鬧彆扭的時候吧！達克妮絲真的會嫁人喔，這樣真的好嗎？」

這樣真的好嗎？妳應該去問那個頑固的傢伙才對吧！

第五章 為這位新娘獻上祝福！

1

鎮上連續好幾天都像是祭典期間一樣熱鬧。

以吝嗇聞名的那個領主，在鎮上花了不少錢，大肆宣傳他們要結婚的消息，營造出喜氣洋洋的氛圍。

簡直就是想先製造既成事實，以免她中途反悔。

結婚的日期也已經決定好，公告周知了。

領主似乎真的非常等不及，跳過了很多程序，結婚典禮預定在一個星期之後舉行。

我想，他現在肯定是迫不及待地等著能夠和達克妮絲結婚的那一天到來吧。

「和真，我已經問過很多次了，不過這樣真的好嗎？真的好嗎？真的好嗎！」

正當我在大廳忙著製作各種東西的原型時，惠惠如此逼問我。

我正在使用名叫焦油樹的植物的樹汁和史萊姆的消化液混合而成的東西，努力開發新商品。

把這兩種東西混合在一起，可以做出類似半乾的塑膠的材料。

我繼續做著手邊的工作，同時說：

「我也已經說過很多次了，她本人都那麼頑固地堅持己見，我也沒轍啊。還有一星期，要是她跑來哭著求我們，我就想辦法幫她。要是她沒來哭著求我們，我就不管她。」

一邊說，我一邊拿著小型的滴管，將空氣吹進類似塑膠的原料裡面。

這個工序很困難。

我想，一定有什麼方法可以更簡單地大量生產這個東西，不過目前還在製作原型的階段，所以只好先耐著性子這樣做。

一旁的阿克婭完全沒有干涉我和惠惠的互動，我行我素地在沙發上邊孵蛋邊唱歌。

這樣確實很煩人，不過總比她隨便干擾我製作商品原型好多了，所以我沒有理會她。

可是，她的歌喉好得出奇，不知為何讓我有點火大。

……這時，惠惠拿走了我正在製作的商品原型。

「不要再做這種事情了，你應該更謹慎思考才對！我不承認這樁婚事！要是你真的就這樣等到結婚典禮當天，那我也有我的打算！」

說著，惠惠握緊她從我手上拿走的商品原型。

「喂，妳可別搞出什麼太誇張的舉動喔！如果妳太亂來的話，也會造成達克妮絲的困擾。而且達克妮絲也拜託我，要我阻止阿克婭和妳幹傻事……好了，把那個東西還給我吧。我從一大早就花了很多時間在上面，好不容易才做到那個程度。」

我一面安撫義憤填膺的惠惠，一面伸出一隻手示意要她把東西還給我。

「……這是什麼東西啊？」

惠惠抓著那個東西，仔細觀察了起來。

「我試著製作了在我的國家稱為氣泡紙的東西。材質和製造方式都不一樣，所以觸感也差強人意，不過我覺得完成度還算不錯。」

聽了我的說明……

「……這是用來做什麼的？」

惠惠歪頭不解，如此表示。

「用來壓破的。壓破一顆一顆的氣泡。那是透過壓破氣泡得到樂趣，保持心靈平靜的玩具。」

「…………只有這樣嗎？」

「只有這樣。」

…………

我花了很多時間總算製作出來的氣泡紙，被惠惠像是在擰毛巾似的用力扭轉。

「唔啊啊啊——！」

「啊啊啊啊啊——！」

惠惠在吶喊的同時用力扭了那張氣泡紙，我也忍不住跟著慘叫。

滿意地呼了一口氣之後，惠惠將他扭過的那張原本是泡泡紙的東西隨手丟給了我。

「……確實能夠保持心靈的平靜。玩起來有點爽快。」

惠惠昂首闊步地往外面走去，而我卻是無力地跪倒在地。

我、我花了那麼多時間的成果……！

一旁的阿克婭像是不想理會我們的騷動似的唱著歌。

「磨～呀磨～～呀一圈一圈磨，磨芝麻味噌～～」

「吵死了——！」

忍不住出聲怒罵的我陷入了自我嫌惡。

…………啊啊，可惡！

幹嘛找阿克婭出氣啊，我到底是在暴躁什麼啊！

2

——距離達克妮絲的結婚典禮還有六天。

「不好意思，請問佐藤和真先生在嗎？」

正當我窩在豪宅裡的時候，一名年近初老的執事來訪。

「請問你是哪位？等等……我好像在哪裡見過你。」

對了，我記得這個人是在達克妮絲他們家工作的執事。

「好久不見了，我是達斯堤尼斯家的執事長，名叫哈根。今天前來，是有事情特別想請佐藤先生幫忙……」

有事情找我幫忙？

難不成，達克妮絲終於死心想找我求救了嗎？

不顧我這樣小小的期待，名叫哈根的執事先是一鞠躬。

「其實是這樣的，達斯堤尼斯家的郵筒，每天都會收到這樣的信件。」

說著，他把信交給了我。

我打開來稍微瀏覽了一下之後……

「非常抱歉！我會好好教訓那個笨蛋的！」

「沒、沒關係，要是這種行為變本加厲，連領主大人那邊也收到信的話將會是一大問題，所以我才會在事情變成那樣之前過來拜訪。」

我一把將那封信揉成一團，就對哈根低頭致歉，姿勢低到都快要跪下去了。

大概是因為事情辦完了，哈根就此離開我們的豪宅，而我目送他之後，攤開那封信又看了一次。

『敬告達斯堤尼斯家。某方面的情報指出，近日，魔王軍幹部之一將對阿克塞爾的艾莉絲教堂發動恐怖攻擊。攻擊執行日期為結婚典禮當天。除非立刻取消結婚，否則典禮當天，教堂將遭到爆裂魔法的轟炸。請聽從我的忠告……親切的魔法師敬上。』

「惠惠——！我有話要跟妳說，給我開門！」

我拿著那封恐嚇信，跑去惠惠的房間罵人。

——距離結婚典禮還有四天。

「好了，接下來！這個包包裡面，會有一隻比包包還大的初學者殺手蹦出來喔！」

「不准讓那種東西蹦出來！妳在幹嘛，給我過來！」

我在達斯堤尼斯宅邸的正前方，逮住了在人群之中表演神祕才藝的阿克婭。

「等一下，你幹嘛啦和真，放開我！為了抓到初學者殺手，我還特地委託了冒險者公會耶！先別管這個了，你看看這個人群！為了看我的才藝一眼，有這麼多人聚集過來喔！」

「所以他們才會找我過來啦，人家說不要在他們家前面造成他們的困擾！妳這個傢伙在這種地方幹什麼啊！」

大量的圍觀群眾包圍了阿克婭，從四面八方對她投出賞錢。

「啊，請不要丟賞錢，我不是街頭藝人，所以無法收下這些賞錢……和真，這其實是將達克妮絲從家裡引誘出來的策略。」

阿克婭一面鄭重謝絕打賞，一面對我如此耳語。

這個傢伙該不會是……

「妳是為了吸引達克妮絲的注意才在這裡表演才藝嗎？」

「就是這麼回事！你想想，天岩戶的故事你應該聽過吧？有個鬧彆扭的女神成了繭居族，結果被歡樂的宴會聲響吸引了過去，最後完全落入陷阱之中被拖了出來的那個故事。」

「聽過是聽過，不過神明都那麼喜歡宴會該不會是所有世界共通的特質吧？女神應該不是每個都像妳這樣吧？」

阿克婭對於我的吐嘈充耳不聞，對著達克妮絲家的宅邸遞出包包。

「從剛才開始，那個房間的窗簾就一直在飄動。一定是好奇心旺盛的達克妮絲在偷看。吶——！達克妮絲，妳聽得見吧？快點出來——！妳看，這招不在近距離看的話妳肯定會後悔喔！因為，接下來我要表演珍藏已久的絕招了！……啊，等一下，和真！你幹嘛，放開我啦！」

「我不是說了嗎，他們已經派人來找我抗議，叫妳不要在他們家前面這樣搞了！走啦，我們快點回去！」

「我不要！除非達克妮絲出來，否則我每天都會在這裡表演才藝！你想妨礙我就閃邊去！快點，閃開啦！」

我帶著比任何時候都還要蠻不講理的阿克婭回家，已經是天色完全暗下來的時候了。

——距離結婚典禮還有兩天。

「我回來了……」

「回來啦。千萬別再做傻事了喔。」

剛回來豪宅的惠惠，在門口顯得精疲力盡。

不聽我的責罵的她終於將恐嚇信送到領主的宅邸去，所以就被問罪，拘留到今天。

「因為有達克妮絲他們家的人居中調解，才能夠以特例處理，釋放了我……」

「想救達克妮絲的人反而被她救了是想怎樣啊。妳的心情我可以體會，不過這兩天還是乖一點吧。目前為止，阿克婭和妳都只有給我們添麻煩。」

今天依然進行著新商品開發的我，如此叮囑惠惠。

順道一提，阿克婭今天似乎也到達克妮絲家去了。

最近開始有人在達克妮絲家周邊擺攤，變成了小有規模的觀光景點。

「憑我和阿克婭果然成不了什麼事。和真，你也差不多該協助我們妨礙她結婚了吧？」

惠惠搖搖晃晃地倒在沙發上，整個人癱在上面，卻還是這麼說。

「……如果達克妮絲來求我救她的話嘍。」

聽我這麼說，惠惠猛然跳了起來。

「你還算是人嗎！鎮上有人叫你垃圾真、下流真，但我還是以為和真是個不管怎麼說都不會在同伴有難的時候置之不理，該行動的時候就會行動的人！」

說著，她逼近到正在處理新商品的我身邊來。

「吶，那樣叫我的都是些什麼人啊，可以告訴我他們的名字嗎？我想差不多該教訓那些傢伙一頓了。」

惠惠再次倒回沙發上：

「我喜歡的人，在這種時候雖然會不情願地抱怨，最後還是會說『真拿妳沒辦法』，設法幫我解決問題，應該是這樣的人才對。他應該不是會一直在那邊鬧彆扭的人才對。」

「少、少來了，不要以為隨口說喜歡，我就會乖乖協助妳喔。我可沒有那麼好騙。」

為了掩藏聽見喜歡兩個字而有點不知所措的心情，我試圖安撫惠惠，便指著開發中的新商品說：

「別那麼怒氣沖沖的嘛，試用一下這個吧。這個叫作沙袋，是非常適合用來發洩壓力的用具。而且還是真皮製的喔！不過，單純因為能用的材料只有皮革而已就是了。」

為了讓惠惠冷靜下來，我指了指縫合皮革，並填入砂土製成的，放在地板上用的立式沙袋。

聽見發洩壓力這個字眼，惠惠稍微有了點興趣。

「這個東西要怎麼使用啊？」

「很簡單，攻擊它就可以了。想要拳打腳踢都可以。啊，姑且告訴妳，不可以用魔法喔。不過這種事情妳應該知道才對。」

我半開玩笑地這麼說，正好手邊的工作也告了一個段落，便走向廚房，準備泡個茶休息一下……

「唔啊啊啊啊啊啊啊！」

「！」

聽見惠惠氣勢十足的喊聲，我帶著不祥的預感回頭一看。

「呼……心情比較舒暢一點了。不好意思，再做一個這個好嗎？」

「為什麼要拿刀砍啊！我不是說過拳打腳踢了嗎！」

手上拿著我的日本刀，將沙袋變成垃圾的惠惠，一臉有點滿意地站在那裡。

3

——為了抗拒沒有達克妮絲的日常，而變得有點執拗的我，每天不斷開發著新商品。

終於，這一天真的來臨了。

今天是達克妮絲的結婚典禮。

到頭來，一直到這一天，那個傢伙還是沒來拜託我們。

「和真，我們走吧！去破壞那個狗屁結婚典禮！呵呵呵……不小心有魔法飛過去炸掉會場，不小心有魔法飛過去炸掉領主宅邸，都是很常發生的事情嘛。」

「喂，妳別這樣喔，真的別這樣。到時候不但又要背債，而且真的會變成罪犯喔。」

我在大廳的桌子上，整理著為了和巴尼爾談生意而不斷努力製作的東西。

最近這一陣子，我一直持續製作各式各樣的發明，不過終於也已經接近尾聲了。

再怎麼樣，我也想不出更多主意了。

各種商品的設計圖，所有我想得到的提升工作效率的方式。

像是農耕技術之類的，就算不太清楚詳細的部分，我還是把身為日本人的基礎知識全都寫了下來。

達克妮絲的結婚典禮好像是今天中午開始，不過我不打算去觀禮。

既然那個傢伙沒來求救，我很猶豫該不該繼續插手管這件事。

這只是無謂的堅持。

這種事情我很清楚，但是……

看著這樣的我，惠惠一臉不甘心地握緊法杖，放聲叫道：

「我喜歡的人，不會像這樣一直只顧著生悶氣才對！和真！就這樣讓那個領主和達克妮絲結婚，你真的覺得這樣好嗎！達克妮絲被那個領主予取予求，你也無所謂嗎！」

「怎麼可能無所謂啊！」

我忍不住對惠惠吼了回去。

惠惠因為我突然大罵而嚇了一跳，退縮了一下，停在原地不動。

「怎麼可能無所謂，我也不希望達克妮絲被那種傢伙帶走！不是外表怎樣的問題，而是他的評價非常糟糕！我想妳大概不知道吧！那個大叔只要看上哪個正妹或是美女，就會千方百計把她們弄到手，而且玩膩了以後只給一點分手費就拋棄對方！最惡質的是，他明明想怎樣就怎樣，到處亂搞，不知為何卻沒有留下任何決定性的證據！」

惠惠聽了消沉地低下頭說：

「對不起。原來你調查過達克妮絲的結婚對象啊……」

我試著調查之後，發現那個領主比傳聞中還要不是個好東西。

就連我一個門外漢去調查，都可以挖出一大堆醜聞。

不當榨取、收送賄賂。

然而最神奇的是，不知為何就是找不到證物。

受害女子們全都三緘其口，又找不到證據證明他做過的壞事，所以王國方面也不知道該如何處置那個大叔。

達克妮絲的老爸，就是為了找出決定性的證據。

還有也是為了監視領主，才會被派遣到這裡來。

惠惠緊緊握著法杖說：

「既然如此，就更不能置之不理了吧？如果是和真的話，應該想得到什麼奸詐的手段才對吧？你能不能像之前一樣，協助力有未逮的我們，想辦法解決這個問題啊？」

……說什麼想到奸詐的手段，這個傢伙到底把我當成怎樣的人啦？

「這次真的無計可施。首先，達克妮絲不肯告訴我，所以我不知道債款有多少。再者，就算想辦法湊到錢了，也說服不了達克妮絲。那個傢伙那麼頑固，絕對不肯收下我的錢。最後……」

惠惠歪著頭問：

「最後？」

「這是貴族之間的婚禮。戒備非常森嚴，事到如今我們已經沒有辦法主動接近會場了……不如說，就是因為這樣，我之前才會一直等達克妮絲向我們求救。達克妮絲他們家的宅邸大概也因為我那次闖進去而加強了戒備，無法再次潛入了吧。」

之前我沒什麼特別的感受，這次真的切實體會到我們之間的身分差距有多大了。

我無法繼續面對不發一語的惠惠，轉過頭去。

我現在的背影，大概就像喜歡的女生被搶走的男人一樣散發著哀愁感吧。

「達克妮絲的老爸又生了重病，就算要求會面也得不到接見吧……我又沒有什麼貴族門路可以幫我弄到婚禮的邀請函，或是帶我進去……因為，我只是普通的老百姓。」

我也考慮過利用在王都建立起的門路，不過即使拜託愛麗絲，只要結婚是出自雙方的意願也無計可施。

這就是我們原本的身分差距。

打從一開始，我們和達克妮絲根本是不同世界的人，卻能夠一起冒險至今，這件事本身就已經算是奇蹟了。

我有點自暴自棄地這麼說，結果……

「……我知道了。和真也調查過對方，設法解決這件事，這個我明白了。對我而言，只要知道這些就夠了。」

惠惠凝視著意志消沉的我的臉這麼說，不知為何安心地對我笑了笑。

「我會自己思考，找出自己不會後悔的方式去做。希望和真也可以審慎思考，找出不會後悔的選擇……」

惠惠以前所未有的認真聲音，說出這種像是有見識的正常魔法師會說的話，害我以為她是不是吃了什麼東西發瘋了。

正當我為之啞然時，惠惠已經快步走出豪宅了。

……我應該攔住她嗎？

不，她已經攔不住了。

我目送著惠惠，獨自站在廣大的豪宅裡。

很難得的，阿克婭有訪客。

現在她在二樓，在自己的房間裡和訪客談話。

我好像聽見他們在說臨時有工作想委託阿克婭，不過我今天實在沒什麼心情幫她的忙。

平常就算沒什麼事情，大家還是會不約而同地賴在這個大廳。

現在一個人待在這裡，才發現這棟豪宅原來這麼大，讓我感到孤單無比。

……這也是沒辦法的事情。

和貴族千金一起冒險，是我還在日本的時候根本無法想像的事情。

事情怎麼可能永遠那麼順利，現實就是這樣。

我一屁股坐進沙發裡面，一個人重重嘆了口氣。

這時，突然有人用力打開大門，打破了如此鬱悶的氛圍。

出現在門外的——

「謝謝惠顧！撇開靠不住的女神，千里眼惡魔來拯救汝了。占卜顯示汝當因吾之現身喜極而泣，手舞足蹈為佳。好了，將汝所擁有的各種知識展現出來吧！」

4

「喂，給我叫美女老闆過來！換人啦換人！我的心情都已經這麼不好了，為什麼還得和你談生意啊！我要求換成美女老闆！維茲！我比較想要維茲！」

我一面這麼說，一面隔著豪宅大廳的桌子和巴尼爾面對面。

「那個傢伙現在一邊哭著想要多睡一下，一邊顧店。客人們還覺得『一面忍住淚水一面工作的老闆好可愛』、『她是因為商品賣出去了，喜極而泣吧！多買一點好了！』等等，發揮出意料之外的作用，讓吾笑得合不攏嘴。而且，那個負債製造裝置哪能好好談什麼生意。昨天吾稍微大發慈悲讓她休息，結果稍微一個沒注意，她就進了這種項鍊，還說冒險者情侶一定會買這個！」

說完，巴尼爾給我看了一條項鍊。

「那是什麼項鍊？」

「這是在戴上的人身負瀕死的重傷時，會燃燒該人僅剩的生命而爆炸的項鍊。據說設計概念是『希望能夠在最後一刻，賭上性命保護重要的人……』的樣子。她還喜不自勝地說『很浪漫吧？』什麼的，但是這個東西的威力過於強大，不只可以炸死敵人，連應該保護的重要之人也會一起被炸飛，是讓人不禁懷疑老闆做生意的眼光的商品。要不要帶一個呢？」

「不……不用……先別說這些了，你剛才說來拯救我，是什麼意思？」

但巴尼爾沒有回答我的問題。

「那件事晚點再說。汝應當先迅速拿出商品，讓吾之鑑定眼準確地看出合理的價格……不過，話雖如此，吾早已準備了足以令汝接受的金錢過來了。」

說著，他輕輕拍了小小的黑色皮包一下。

千里眼惡魔先生辦事還真有效率。

「話雖如此，我可不見得會答應這筆交易喔。因為這是我剩下的知識的集大成，當然不打算便宜賣喔。」

而且，既然救不了達克妮絲，現在賣這些東西也沒什麼意義。

但是，巴尼爾以了解一切的口吻表示：

「很想很想去救那個鎧甲女孩，卻害怕去了會遭到拒絕的男人啊，千里眼惡魔巴尼爾在此宣言。汝將以所有的智慧財產權，交換這個皮包裡面的東西。」

……千里眼惡魔先生真的很難應付啊。

巴尼爾從我手上接過許許多多的設計圖和產品原型，以及各式各樣財產權的所有權證明書，也沒多加確認，便一一塞進一個大皮包裡面。

對這個傢伙而言，想必就連親眼看過的必要都沒有吧。

應該說，我可還沒說要賣耶……

……千里眼惡魔啊。

「巴尼爾。你知道很多事情對吧？」

我像是在閒聊似的，對忙著將文件塞見皮包裡的巴尼爾這麼問。

巴尼爾看也沒看我一眼，一面繼續著塞東西進皮包裡的動作一面說：

「嗯。不敢說一切，不過大部分的事情，吾都能夠看穿。比方說，汝接下來想問的事情，吾當然也知道。汝在意的那個鎧甲女孩，為什麼會對領主欠下龐大的債務？有沒有方法可以幫助她？為什麼那個領主幹下那麼多惡行，卻找不到任何證據？」

我吞了口口水。

「……我說，你明明是惡魔……」

「明明是惡魔，為何幫汝那麼多忙？是不是有什麼企圖？……諸如此類。當然有企圖啊。畢竟吾可是惡魔。不過，在這次的事情上，吾等利害關係是一致的，所以才幫汝這麼多忙。比方說，為了以備不時之需，汝原本想留在手邊準備高價賣出的各種權利，吾也可以趁機一起全部收購。」

巴尼爾停下手邊的動作，對我奸笑了一下。

唔……這個傢伙。

「這算什麼，只要我說不賣你就沒轍啦。更重要的是，既然你都知道我想問什麼就別賣關子，告訴我啊。」

「好吧好吧。那麼，吾就將汝現在最想知道的事情說出來吧！沒錯，就是敝店老闆今天的內褲的樣式和顏色！呼哈哈哈哈，開玩笑的……哎呀？怎麼沒有湧現美味的負面情緒呢？」

「因為那件事情我晚一點也想聽。」

「這、這樣啊……那麼，吾真的要說汝想知道的事情了。那個女孩之所以會負債，是因為……」

「『Sacred Exorcism』！」

突然，阿克婭的聲音冒了出來，打斷了巴尼爾的發言。

同時，一道光柱淹沒了巴尼爾。

不久之後，光芒散去，只有巴尼爾的面具隨著「匡啷」的聲響掉在地上。

「喂，巴尼爾！你是大惡魔耶！沒問題的，你才不會因為那種廁所女神的攻擊就完蛋！

喂，你振作點啊！」

「啊啊！我不過是稍微沒注意而已，和真就被惡魔洗腦了！吶，你為什麼幫惡魔撐腰啊！還有，我是水之女神啦！」

大概是在從二樓下來的時候發現了巴尼爾，就立刻施展了魔法吧。

依然維持著發完魔法的姿勢的阿克婭如此大喊。

這個傢伙真的是，每次都在時機這麼不湊巧的時候做出多餘的事情！

跟在阿克婭身後的，是個很面熟的初老男子。

他是最近幾乎每天都來找我抱怨的那位，達克妮絲家的執事。

不知道他是來拜託阿克婭做什麼工作，那位名叫哈根的老爺爺看見這個狀況，嚇得瞪大了眼睛。

這時，就在我的眼前，巴尼爾的身體從面具底下長了回來。

……每次都會連衣服一起長出來，還真方便啊……

不對，因為衣服也是身體的一部分，才會連衣服也因為阿克婭的魔法而消失吧。

「哼哈哈哈哈，好樣的，竟然用偷襲的啊，流氓女神，簡直與吾等惡魔沒有兩樣！看吧，吾的帥氣面具都出現裂痕了！」

「討厭啦～～惡魔這種東西和害蟲一樣不是嗎～～！你在驅除害蟲的時候還會特地先跟

害蟲說，接下來我要驅除你了，不好意思喔，這樣嗎？你白痴啊？噗嗤嗤！」

眼看著互瞪的兩人把氣氛搞得越來越惡劣，我連忙阻止了他們。

「喂，夠了喔你們兩個，這種事情改天再搞！阿克婭，我現在想聽巴尼爾要告訴我的事情，別來攪局！」

聽我這麼說，阿克婭心不甘情不願地退讓。

跟在阿克婭身後的哈根大概是發現氣氛有點險惡吧……

「不、不好意思……各位好像有事情要忙……大祭司小姐，開始時間是正午，還請多多幫忙。那麼，我先走了……」

說完，他便低身穿過對峙的阿克婭與巴尼爾中間，迅速走了出去。

雖然有點好奇他到底有什麼事找阿克婭，不過現在更重要的是巴尼爾要告訴我的事情。

巴尼爾對阿克婭露出得意的笑：

「哼哈哈哈，在這次的事件當中完全派不上用場的廢柴女神啊，接下來就待在那裡看著吾之重要性以及有用性，不甘心地咬破手帕吧！」

這個惡魔其實好像也挺幼稚的，他對著阿克婭吐出舌頭，如此挑釁她。

阿克婭的眉毛也立刻隨之越挑越高，可是這樣下去事情只會毫無進展，真希望他們別再鬧了。

阿克婭小心翼翼地抱著蛋，在沙發上的我和巴尼爾之間坐了下來。

大概是打算一起聽巴尼爾要說什麼吧，但她抱著腿，把臉貼近到鼻子都快碰到巴尼爾的距離，目不轉睛地瞪著他。

「這樣很難說話耶……好了，明明身邊就有一個女神，卻連求神拜佛都辦不到的可憐男人啊。汝想知道的，是那個鎧甲女孩欠債的來龍去脈對吧？事情的起因，是汝等冒險者打倒了機動要塞毀滅者。」

像是在閒話家常似的，巴尼爾這麼說……

…………

他剛才說什麼？

「喂，把話說清楚。」

聽我這麼說，巴尼爾笑了。

然後他也沒有多賣關子，只是平鋪直敘地說：

「也沒什麼好說清楚的。之前的城鎮，都是被毀滅者蹂躪殆盡，導致領主失去土地。城鎮的居民因為大火而失去家園，失去領地的領主和貴族也都被迫負責，大家和樂融融的流離失所。對於漂泊不定的汝等冒險者而言，這種結局或許反而是好事。不過……這個城鎮的下場，卻不是這樣。」

……這是好事一樁吧。

或許就連我這樣的想法都看穿了，巴尼爾再次露出奸笑：

「城鎮本身是沒事。在鎮上做生意的人們，到頭來也沒有承受任何損害。大部分的居民們大概也是……然後毀滅者倒在城鎮前方不遠之處。如此一來，城鎮外圍的穀倉地帶、位於途中的治水設施，以及其他各式各樣的東西都遭到破壞、蹂躪。」

……這個我也還能理解。

可是，不是說受害已經壓低在最低限度了嗎？

「對於從事農業的人們而言，穀倉地帶遭到破壞，形同失去了工作和財產。想要復興遭到破壞的穀倉地帶並沒有那麼容易。於是，那些人便找領主求救。」

……聽到這裡，我心裡只有不祥的預感。

我一皺起眉頭，便聽見巴尼爾說：

「沒錯，正如汝之預感！那個領主，對求助於他的人們這麼說……光是保住一命就算是賺到了吧，別不知足了。要抱怨的話，就去找沒有連穀倉地帶一起保護到底的冒險者們抱怨。你們想想，那些冒險者現在得到了龐大的報酬，手頭正闊綽。叫他們拿報酬出來補償你們的損失不就得了？」

……哇啊——連惡代官都會自嘆不如啊。

「嗯。關於這件事，除了放棄職責的貪婪領主以外，或許任何人都沒有錯。冒險者們的表現已經相當不錯了。這點絕對不會錯。但是再這樣下去，受害的居民們只能流離失所。他們的心情也不是不能體會。雖然說這就像是碰上天災一樣，只能死心，不過當事人也無法接受吧。」

巴尼爾的嘴角，浮現出非常有惡魔風範的笑容。

——然後，輕描淡寫地說出令我無法聽過就算了的話。

「領主拒絕補償之後，他們又找了別人哭訴。沒錯，就是和汝關係密切的達斯堤尼斯一家。然後他們說了……『在一介冒險者們以洪水破壞了建築物所產生的賠償金之際，負擔了其中大半，慈悲為懷的達斯堤尼斯大人啊，也請同情我們吧』……這樣。」

…………

「你剛才說什麼？『以洪水破壞了建築物』然後是怎樣？」

聽我這麼說，巴尼爾以惡魔般的愉悅口吻表示：

「汝等大肆破壞了那麼多建築物，價值怎麼可能只有區區數億？公會人員在向汝請款賠償那些建築物時，應該這麼說了對吧？『城鎮方面並不會要各位賠償全額，只是希望各位能夠負擔一部分』。」

那個女人。

「達斯堤尼斯家，將宅邸以外的大部分資產，都充作建築物的賠償金了。然後儘管如此，當時已經失去大部分資產的達斯堤尼斯家的鎧甲女孩，還是試圖救助受到毀滅者蹂躪的人們，而低頭懇求放棄職責的領主，借了一筆債。」

那個女人是怎樣？竟敢自作主張這樣亂來。

「為了說服不願意借錢的領主，還加上了這樣的條件……『如果達斯堤尼斯家的宗主出了什麼狀況，難以償還的時候，便以她的身體作為擔保』……」

我搥桌子的聲音，打斷了巴尼爾的話語。

然後，我對著因此而嚇了一跳的阿克婭，輕輕伸出搥了桌子的手。

「和真……你氣到搥桌子才發現這樣很痛吧？很痛對吧？」

這下一切都說得通了。

之前來到豪宅的那個沒有禮貌的執事，大概是領主派來的使者。

知道達克妮絲的老爸身體狀況變差了之後，領主便催促還款。

所以那個傢伙為了想辦法還錢，才說出要驅除多頭水蛇那種蠢話。

但是，那個傢伙看見因為擔心她而出動的冒險者們，大概心想不能再給大家添麻煩了，同時也看開了許多事情——

我平靜地問了巴尼爾：

「達克妮絲借了多少錢？」

或許就連這句話也被他看穿了吧，巴尼爾輕輕拿出他準備好的皮包。

「客官手上的資產再加上這個皮包裡的金額，就正好跟債款同額……那麼，開始談生意吧！」

這個傢伙果然是惡魔！

5

「真是……！真是太美了，大小姐……！婚禮結束之後，請您一定要回宅邸一趟，讓臥病在床的老爺也看看您現在的模樣！」

新來的女僕看見我穿上婚紗的模樣，如此稱讚。

聽她這麼說，我不禁苦笑。

這個新來的女僕，對我們家的詳細情況，還有我之所以結婚的來龍去脈都不清楚。

要是我和領主的婚禮結束之後，讓父親見到現在的模樣，父親一定會很難過吧。

任何人都不會因為我們結婚而高興，這點我很清楚。

這是我的自我滿足。

……這時，隔著房門，我聽見叫罵聲在走廊上迴盪。

「為什麼不能見新娘！夠了，讓開！我等不及了！我已經等不下去了！反正過不了幾個鐘頭拉拉蒂娜就是我的了，不過是時間早晚的差別罷了！快讓開！……拉拉蒂娜！拉拉蒂娜！」

……呵呵，看來那個可恨的男人已經不打算隱藏自己的本性了。

「不可以。這裡是達斯堤尼斯家的休息室。只要還沒舉行婚禮，若非達斯堤尼斯家的人都不能再往前一步。請回吧。」

在領主急躁的聲音之後，我聽見家裡的人淡定的如以應對。

「蠢材！聽好了，婚禮結束之後，你的主人就是我了。你最好先想清楚這一點，再判斷要不要讓我通行！」

對於如此蠻不講理的叫罵聲，家裡的人依然淡定回應：

「我不能讓你通行。你還不是我的主人。」

「……你的長相我記住了。等到婚禮結束，我把你們的寶貝大小姐玩到滿意之後，你就走著瞧吧。」

聽見領主如此撂下狠話之後，一道鈍重的腳步聲便漸行漸遠。

「……請妳把門外的人叫進來好嗎？我想向他道謝。」

聽我這麼說，女僕輕輕點頭。不久之後，男子便被叫了進來。

「大小姐，看看您，真是太漂亮了……！」

隨著讚嘆之聲，笑容在他略帶皺紋的臉上綻開。

他是長期侍奉我們家的守衛之一。

這個人不懂得變通，小時候即使我想出去宅邸外面，他也堅持不肯讓我通行。

要是我想爬柵欄出去，也會立刻被他發現。

曾經有一段時間，我一直熱衷於想辦法逃過這位守衛的法眼。

從庭院把球丟到柵欄外面，拗著要他去撿回來，然後趁他去撿的時候溜到外面去。

他會立刻追上跑到外面的我，不一會兒就逮住我，帶我回到宅邸裡面，但是這樣讓我覺得非常好玩，每天都把球丟到柵欄外面。

每天騙他出去撿球，是我最大的樂趣。

現在回想起來，我了解到那是這個男人陪著幼年喪母又沒有玩伴的我一起玩樂的方式。

「不好意思……其實你可以讓那個傢伙通行，無所謂的。事到如今，我也不會覺得怎樣。我會向他求情，絕對不會讓他處罰你……」

「在大小姐嫁過去之後我也打算辭職，所以請您別放在心上。我想侍奉的，只有達斯堤尼斯家。不過，如果是大小姐認同的男人，要我侍奉倒也無妨。」

說完，守衛靦腆一笑，我也對他苦笑了一下。

聽他說到我認同的男人時，從我腦海裡一閃而過的，是來我的房間夜襲之後到處逃竄，結果撂完狠話就從窗戶摔下去，痛得在地上打滾的那個傢伙。

回想起那個時候的事情，我不禁揚起嘴角。

「大小姐偶爾露出的那種笑容，真的非常美麗。能夠在最後看見您那種表情，我真是太幸福了。」

守衛滿意地笑了笑，隨後直接轉過身去。

「不、不好意思……請恕我逾越，大小姐是那麼美麗又清純……希望您能夠更自愛一點，別經常自己玩得那麼激烈……」

「！」

他難為情地留下這句話，便走到門外去了。

兩名女僕也若無其事地將視線從我身上移開。

這個不正經的傳聞的元凶，就是那個模仿我的聲音的男人，真想好好整治他！

嘴巴很壞，不懂禮儀，明明擁有任何人都不知道的奇怪知識，卻不清楚理應知道的常識的無禮男人。

膽小又保守，有時卻會突然做出魯莽的舉動，難以捉摸的男人。

職業是最弱的職業，各項參數除了運氣以外都在平均之下，卻以多樣而繁雜的技能以及天生的靈活頭腦為武器，力拚魔王軍幹部、懸賞對象，還有各種怪物的神祕男人。

當我表明自己是貴族時，比起身為貴族的事實，對於我的名字更感興趣的奇怪男人。

然後……

差點和那個奇怪的男人跨越最後一道界線的我，一定也是個相當奇怪的女人吧。

回想起時至今的冒險，以及快樂的每一天。

照理來說，出生在貴族家庭裡面的人，包含挑選結婚對象在內，都無法憑自己的意願自由過活。

儘管如此，我卻能夠和關係親密的同伴們一起生活至今。

……已經夠了。身為貴族的我如果想要求更多就是奢望。

這次輪到我向鎮上的大家報恩了。

我不能再讓那個領主恣意妄為。

趁領主仍在為我神魂顛倒的時候，我要摸清楚那個傢伙的祕密。

無論這得花上幾年，只要有和他們在一起的回憶，我一定能夠撐下去。

……不過，說也奇怪。

以前我覺得嫁給那個領主也不賴，現在卻不覺得他有任何魅力。

這也全部都是那個傢伙害的吧？

回想起一天到晚和我鬥嘴的那個傢伙，我還是忍不住揚起嘴角。

「不、不好意思……大小姐？」

我突然笑了出來，害得正在幫我化妝的女僕困惑地停下手邊的動作。

「啊，抱歉，沒什麼。」

示意要女僕繼續化妝的我，想著那些獨具特色的同伴。

要是知道了我借錢的理由，大家不知道會怎麼想。

惠惠大概會生氣吧。

阿克婭或許會莫名其妙地哭出來。

至於那個傢伙，肯定會罵我「竟敢做出這種蠢事！」，同時確實看出我真正不喜歡的事情，並起迅速付諸實行吧。

等到我找出領主的祕密，為一切做出了斷之後……

總是那麼歡樂的他們，不知道願不願意再次把我當成同伴呢？

「大小姐，妳好美……！請到鏡子前面來看看吧……！」

我遵照女僕所說，看著自己穿上純白婚紗的模樣，苦笑了一下。

很遺憾的，即將看到我這身打扮的是那個領主，

不過，一般民眾雖然無法列席婚禮，但是婚禮之後會在教堂前面公開露面，眾人都可以看見我的模樣。

到時候，那個傢伙會來嗎？

……不，他一定不會來吧。

那個傢伙現在肯定還在生悶氣，自己一個人關在豪宅裡吧。

想到那個傢伙一臉不開心的模樣，我不禁苦笑。

「時間到了。我們走吧，大小姐。為今天這個重要的日子賜福的，是這個城鎮實力最高強的祭司。今天一定會是一次最棒的婚禮吧……」

說完，單膝跪地並伸出一隻手的，是在我們家工作最久的執事，哈根。

至今為止，賦予我自由的，是這個城鎮的人們。

啊啊……我真的很開心……

和大家一起度過的這一年，每天都是那麼開心，那麼幸福。

帶著對大家的感謝，我輕輕笑了一下，握住哈根伸出來的手——

6

這裡是阿克塞爾最為神聖的地方。

阿克西斯教……不。

當然是艾莉絲教的教堂裡面。

列席的幾乎都是鎮上有頭有臉的人，或是地緣關係較近的貴族們。

或許是因為大家都知道，這場婚禮只是一場鬧劇吧。

坐在位子上的所有人全都隨性地聊個沒完，明明婚禮就要開始了，卻毫無任何緊張感。

教堂的入口前方有領主的部下負責戒備，同時還有許多想著至少要看上新娘一眼的圍觀群眾。

圍觀群眾多半都是冒險者。

基本上，達克妮絲在當冒險者的時候，一直隱瞞著貴族的身分。
而這次要嫁給領主的消息被大肆宣傳之後，大家想必都是想來看平常一身鎧甲的達克妮絲穿上婚紗會變成怎樣吧。
真是一群好奇心旺盛的傢伙。
不過或許也正是因為好奇心堅強，才會當冒險者就是了。

一直喧鬧不已的教堂裡面，終於安靜了下來。

分別位於教堂入口左右兩邊的新郎、新娘休息室。
在哈根的引領之下，身穿純白婚紗的新娘從休息室裡現身，正是安靜下來的原因。
大概是因為她老爸的身體狀況不好，才會由在宅邸工作的執事代替吧。
戴著頭紗的達克妮絲走了出來，然而即使是隔著頭紗，依然難掩她足以令人目不轉睛的美貌。
接著，穿著白色燕尾服的領主也從新郎休息室現身了。
以圓滾滾的巨大身軀將白色燕尾服撐得飽飽的領主，也和其他參觀的賓客一樣，無法將視線從達克妮絲身上移開。

他一臉傻愣地半張著嘴，盯著達克妮絲一直看，同時搖搖晃晃地走向她……
不過走沒幾步，就被牽著達克妮絲的哈根的一聲乾咳驚醒，這才回過神來。
然而觀禮者們就連領主如此不堪的模樣也沒注意到，只是一直盯著達克妮絲，不能自已。
不一會兒，教堂裡奏起管風琴莊嚴的樂音，領主和達克妮絲一起走在紅毯上，眼睛卻沒看前方，而是一直看著走在他身邊的新娘。
然後，走在紅毯上的達克妮絲也沒看前面，而是低著頭。
看著這樣的達克妮絲，我不禁滿心憤慨。
不是說什麼「照他那個樣子看來，很有可能會不吃不喝地需索我的身體好幾天呢。我好興奮啊……！」嗎？
平常那個大變態上哪去了？
面對怪物的時候紅著臉的那個表情上哪去了？
就連魔王軍幹部聽了也會嚇死的那些發言上哪去了？
明明是結婚典禮，表情看起來卻一點也不幸福，只是落寞地低著頭的達克妮絲。
終於，她為了交換結婚誓詞，在觀禮者們的注目之下，來到了祭壇前面。

來到我的眼前。

沒錯，她來到了站在祭壇旁的我的面前。

在這個世界，主持結婚儀式的，只要是神職人員，即使不是神父也沒有關係。

比方說，在這個新手城鎮唯一的一個，屬於稀有人士的大祭司也可以。

這次，受執事哈根之託，接下了祝福婚禮的工作而站在祭壇中央的，是這個城鎮最高位階的神職人員，大祭司阿克婭大人。

而我，則是以大祭司大人的助手之姿，大大方方地跟在她的身邊。

即使來到交換誓詞的祭壇前方，領主依然看著新娘，沒有面對前方，達克妮絲也依然低著頭。

莊嚴的樂音戛然而止，同時一道不太莊嚴的聲音對著這樣的兩個人說：

「汝——達克妮絲。妳將和這個像是熊和豬加在一起的大叔結婚，違背我這個女神的旨意，隨波逐流地和大叔結為夫妻。無論是健康或疾病，快樂或憂愁，富裕或貧窮，妳都願意愛顧大叔、尊敬大叔、安慰大叔、扶持大叔，在妳的有生之年堅守節操嗎？辦不到對吧？我比較想直接和達克妮絲一起回家，一邊吃和真做的料理，一邊乾杯耶……」

聽見這番不識相的發言。

教堂裡所有人的視線一口氣集中到阿克婭身上，愣在原地。

就連領主也猛然看向阿克婭。

「……！啥？妳、妳是一直來我的宅邸找麻煩的那個女人！妳在做什麼！妳到底在這裡做什麼！」

在領主的響亮的叫罵聲之中，達克妮絲看著阿克婭和我，一臉驚訝，嘴巴不停開闔。

趁著這個機會，我一把抓住驚訝的達克妮絲的手臂。

爸爸媽媽。

你們說過想要養育成一個平凡而正直的人的，你們的寶貝兒子。

現在，就要拋開平凡的人生，反抗這個地區最有權勢的人，綁架貴族家的千金大小姐。

達克妮絲回過神來之後，臉色變得越來越蒼白，流下淚水。

「你、你們竟然這麼做……阿克婭……和、和真！和、和真，放開！放開你的手！你們到底在做什麼！這已經不是鬧著玩的了！闖進貴族之間的結婚典禮，無論怎麼掙扎，刑罰都只會是死刑！竟然做出這種蠢事！你們真是太愚蠢了……」

激動不已的達克妮絲哭著教訓我，而我打斷了她的話：

「東一句愚蠢西一句愚蠢的吵死啦，妳這個蠢女人！我才要說呢，妳幹嘛擅自做那一大堆蠢事，擅自幫我代墊債款啊！自以為是我老婆啊！那麼喜歡我就直說啊！」

「誰喜歡你了！到底在說什麼啊，你這個笨蛋！」

領主原本傻傻地看著沒考慮場合，只顧著互相叫罵的我和達克妮絲，這時才回過神來。

「抓、抓住這個傢伙！把這個傢伙，還有這個假祭司抓起來！臭小子……不過是個窮鬼，把貴族的婚禮當成什麼了，跑錯地方的死老百姓！快點，快點抓住這個傢伙！」

領主如此大喊，並且試圖搶回被我抓住的達克妮絲。

眼見領主撲了過來，我將依然流著眼淚的達克妮絲用力一拉，護在身後。

領主見狀，瞬間氣得臉色發黑……！

「臭小子！這件事和你無關，閃一邊去！你最喜歡的拉拉蒂娜啊！可是欠了本大爺很多錢，多到像你這種窮鬼花一輩子也付不清！如果那麼想要這個女人，就先給我準備錢來替她贖身啊，你這個死窮鬼！不過你也要籌得到錢啦！」

聽領主如此嗆聲，我高高舉起放在祭壇旁邊的皮包……

「我都聽到了，你可要遵守諾言喔，大叔！看好了，達克妮絲向你借的錢，總額是二十億艾莉絲！這裡有面額一百萬的艾莉絲魔銀幣兩千枚！這樣我就可以帶走達克妮絲了吧！還有，我並沒有那麼喜歡她！只、只是因為她是我的同伴！只是因為她是我重要的同伴罷了！」

姑且訂正了一下領主的發言之後，我將皮包裡的東西灑到領主的腳邊！

至於為什麼要特地撒錢呢……

「啊啊！啥，二十億！啊啊，等等，拉拉蒂娜！我的拉拉蒂娜……啊啊，我的錢！幫我撿起來！喂，幫我撿起來！」

領主連忙撿起我撒了一地的那些錢來。

附近的觀禮者們見狀，也連忙撿起那些錢來。

其中或許會有人趁機暗槓，不過那種事情我可沒辦法負責。

趁著這個空檔，我牽起沒有意思要離開現場的達克妮絲的手，這時，疑似領主部下的一群人也往我們這邊衝了過來。

結果達克妮絲揮開我的手，繼續教訓我：

「你、你這個傢伙！誰叫你這樣做的！混帳東西，你把我的決心當成什麼了！還有，這些錢！這麼一大筆錢到底是哪來的！」

達克妮絲就連這種時候也那麼頑固，而對這樣的她感到煩躁的我說：

「賣來的。我把我所想得到的一切知識和權利，全部賣光了。賣得的錢，和之前存的討伐獎金全部加在一起，正好是二十億艾莉絲。這樣一來，今後我只能一點一點認真賺錢了……既然已經賣掉了也沒辦法，事到如今也買不回來了。妳聽懂了的話，就趕快逃吧！」

聽我這麼說，達克妮絲露出一種又像是傷腦筋，又像是開心，又哭又笑的奇妙表情，卻還是有話想對我說：

「居然做到這種地步，你……你這個傢伙……！我、我……！」

奔跑而至的領主部下已經近在眼前，忍耐終於到達極限的我抓住達克妮絲的肩膀，用力搖晃！

「囉囉嗦嗦囉囉嗦嗦的，妳是說夠了沒啊，妳已經沒有權利拒絕了！不准妳繼續回嘴！我已經從領主大叔手上把妳買下來了！妳已經是屬於我的東西了！聽清楚了，今後我要好好使喚妳！我花掉的那些錢，妳得用身體償還，做好覺悟吧，妳這個超級變態十字騎士！聽懂了沒！聽懂了就回答我！」

「懂、懂惹！」

被我搖晃、被我認真怒罵，又在眾目睽睽之下被我稱為超級變態的達克妮絲眼中依然泛著淚，帶著有點不太妙的恍惚表情，以奇怪的聲音回答了我。

被我抓著肩膀的達克妮絲腿一軟，就這樣癱坐下去。

也不知道到底是哪句話觸動了她的神經，不過我剛才的發言對於超級受虐狂而言似乎是一次暴擊。

這個傢伙是怎樣？老是在緊要關頭像這樣扯我後腿！

我以公主抱的方式硬是抱起軟腳的達克妮絲，朝著教堂的入口開始衝刺。

觀禮者們都是地方上的權貴。

不知道是因為他們不擅長動粗，還是不想被捲入麼煩當中，除了在領主身邊撿錢的那些人以外，全都沒有要阻止我們的意思，只是觀望著事情的發展。

「呼……呼……我、我被買下來了……身為貴族的我，被這個男人買下來了！沒想到……他還叫我用身、身體來償還……！啊啊，而且這個狀況是怎樣……！用公主抱的方式將我從婚禮會場擄走，簡直就像是……就像是……！」

被我抱在懷裡的達克妮絲，臉紅到我從來沒有見過的程度，呼吸也急促到讓我感覺不太妙的地步。

「喂喂，妳的口水！怎麼連口水都滴下來了！妳沒問題嗎，各方面來說都沒問題嗎！」

我如此提醒達克妮絲時，跟在最後面的阿克婭不知為何神采奕奕地說：

「不愧是鬼畜和真先生！明明只是把達克妮絲代墊的，我們破壞的建築物的賠償金還給她而已，不知為何變成像是把達克妮絲買下來的狀態！和真，你叫達克妮絲用身體來償還，這種話要是被惠惠聽到的話，你大概會被爆裂魔法轟炸喔。要是屍體完全消失了，就算是我也沒辦法讓你復活，你要小心喔。」

「不、不是啦！別說那種會讓人誤會的話，那只是一種修辭罷了！我的意思是要她以十字騎士的身分，以冒險者的身分來靠身體償還！」

正當我奮力辯解時，領主的部下出現在奔馳於紅毯上的我們眼前，擋住了我們的去路。

我對著紅著臉躺在我懷裡，一直一臉恍惚的達克妮絲說：

「可惡！喂，達克妮絲，妳還要恍神到什麼時候！差不多該自己下來跑了吧！還有，妳的肌肉不少，所以其實滿重的！」

「你、你這個傢伙！難得狀況變成這樣，竟然說出其實滿重的這種沒氣氛又沒情調的話來！」

眼角冒出眼淚的達克妮絲，為了方便活動而奮力撕開婚紗的下襬，然後從我懷裡跳了下來。

「事情既然已經鬧成這個樣子也沒辦法，我看開了！領主的走狗們，快讓開！不讓開的話，我就宰了你們！」

然後就連頭紗也拆了下來，披散著一頭長金髮，衝向領主的部下們。

領主的部下撲向大聲做出危險發言的達克妮絲，試圖抓住她，但達克妮絲不閃也不躲，把手伸了出去。

即使被好幾個人拉住肩膀、手臂等地方，達克妮絲也毫不理會，拖著拉住她的人，挑上兩名纏在她身上的部下，以左右手分別抓住他們的臉部。

領主的部下們就這樣中了她的鐵爪功，頭部傳出受到擠壓的聲音，放聲慘叫。

「等等，我們是來把妳帶回去的，結果妳自己衝得比我們都還要快是怎樣！阿克婭，給我支援！給我支援！」

「包在我身上！需要變成才藝高手的魔法嗎？」

「一定要！那招非常棒！」

在我們的身後，是依然拚命撿著錢的領主，還有同樣撿著錢的部分觀禮者。

在阿克婭為我施展了變成才藝高手的魔法之後，我遮著嘴，從達克妮絲身後大喊：

「喂，還是別管那些傢伙了，今天先放過他們吧！更重要的是這邊，你們快過來幫忙撿我的錢！」

我模仿領主的聲音，如此命令和達克妮絲扭打在一起的那些傢伙。

「啊？是！遵命！」

那些人一心以為我的發言是領主的指示，便經過我們身旁，前往領主身邊。

「蠢材！為什麼連你們也過來這邊了！還不快點抓住拉拉蒂娜！」

「！」

原本放棄抓住我們的領主部下們儘管一頭霧水，還是再次追了上來。

不一會兒，我們前面也出現了領主的部下，人數超過十個。

他們手上都沒有看似武器的東西，但是即使有阿克婭的支援魔法，也不知道有沒有辦法突破他們。

看來，再次發揮我在王都展現的真本事的時刻又來臨了……！

就在搶回達克妮絲的我自以為是英雄的時候……

「『Light Of Saber』——！」

一道熟悉的聲音在教堂正面的門外大喊，接著就有一道光芒在大門周邊的磚牆奔流，挖出一個圓形的洞。

那是紅魔族很喜歡用的光之魔法，能夠以魔力包住自己的手刀，切開萬物。

隔了一拍，被魔法切開的教堂牆壁連同大門一起倒下。

以外面的刺眼陽光為背景，有兩個人影站在門口。

待在教堂外面圍觀的眾多冒險者遠遠包圍著那兩個人，興致勃勃地等著看等一下會發生什麼事情。

領主的部下們防備著那兩個人，然後害怕地拉開了距離。

「惠惠，我動手了！我真的幫妳動手了！因為我們是好朋友！只、只要是好朋友拜託我的事情，就算是近乎犯罪的事情我也不怕！因為，妳都說出『我非常需要妳的協助，吾之好友啊』這種話來了，我怎麼可能拒絕呢！」

「好好好，辛苦妳了，芸芸。不愧是我的好朋友。那麼，妳可以回旅店去了。」

「咦咦！」

站在門口的是有著一雙紅眼的兩名少女。

惠惠只是前進了一步，領主的部下們便帶著僵硬的表情向後退。

後退的那些人的視線，都落在惠惠那把前端發著光的法杖上面。

……怎麼會這樣。

這裡明明是城鎮的中心，那個傢伙卻毫不遲疑地完成了爆裂魔法嗎？

惠惠高舉著帶有驚人魔力的法杖，表情是我未曾見過的認真，眼睛發出鮮紅色的光芒，用力甩了一下披風。

然後，她以平靜的聲音，對在場的所有人說了。

「壞魔法師來了喔。壞魔法師聽從自己的本能，跑來搶新娘了。」

在陰暗的教堂的入口處，背對著太陽的惠惠簡直就像是英雄一樣帥氣，相較之下，先來搶回達克妮絲的我都變得毫不起眼了。

……我其實也想那麼做啊！

7

教堂裡的觀禮者和領主的部下。

他們都陷入半恐慌的狀態，注視著那個壞魔法師的一舉手一投足。

「你們都知道我的綽號是什麼吧？那麼，當然也知道法杖前端的這個魔法是什麼吧？我把話先說在前頭，要持續控制住這個魔法必須相當專注……要是有人突然偷襲我，害我無法控制這個魔法的話，就會『砰！』喔。有人想攻擊我的話，請多加注意這一點。」

簡單的說，就是只要有人敢動她，魔法就會失控爆炸，這樣也無所謂的話就放馬過來的

意思。

真是不愧對壞魔法師之名的威脅台詞。

領主的部下們遠遠包圍著惠惠，臉部不斷抽搐。

抓住了衝得比我們還要快的達克妮絲，卻反過來被她甩得團團轉的那些人見狀，也顧不得抓我們了。

這時，站在惠惠身邊的芸芸大略觀察了一下教堂裡的狀況。

「……奇、奇怪？惠惠，妳看，和真先生已經……」

聽芸芸這麼說，惠惠看著我和阿克婭，還有撕破婚紗裙襬的達克妮絲，似乎察覺到發生了什麼事情，瞇起眼睛，露出微笑。

然後為了開路讓我們逃跑，將手上的法杖指了過來。

光是看見這個動作，原本擋在我們前面的領主部下們便連忙逃到觀禮者的座位上去。

趁著這個空檔，我們三個跑到惠惠身邊……！

「你、你們！你們這些蠢材，幹嘛那麼害怕！那肯定是在虛張聲勢！在這種地方施展爆裂魔法會怎樣，沒有哪個笨蛋會不知道吧！反正那個傢伙肯定不打算發魔法，快抓住她！」

這時，依然忙著撿錢的領主如此大喊。

但是，聽他這麼說……

「哦！你覺得本小姐不敢啊！你真的覺得我不敢發出爆裂魔法是吧！好啊，好得很！我就接受你的挑戰！」

「別這樣！我們不會靠近！我們不靠近就是了，真的別這樣！」

「我們不會攻擊妳！所以住手，快住手啊！」

「阿爾達普大人！求求您別再挑釁她了！」

惠惠的一句話，讓領主的部下們各個一臉僵硬，連忙退開。

惠惠的評價到底有多差啊？

就算是惠惠，也不會在鎮上發爆裂魔法……

……應、應該不會……吧？

趁著惠惠嚇唬領主的部下時，我們成功和她會合。

「我接下來正打算展現帥氣的一面呢，竟然跑來占盡風頭！不過因為妳救了我們，還是道聲謝好了。謝啦！」

說完，我對惠惠笑了一下。

「因為華麗地占盡風頭是紅魔族的本能嘛。和真也真是的，我原本就覺得你嘴上再怎麼不願意，最後還是會有所行動……但沒想到，你居然會搶在我前面過來。」

說著，惠惠的表情顯得有點滿足。

「惠惠！還有芸芸，居然害得妳也跟著做出這種事情……！回去之後……等到回去之後……！回去之後，我再好好道謝……！」

不知道是因為過於感動，還是剛才的亢奮情緒還沒平息，達克妮絲連話也沒辦法好好說。而惠惠有點害臊地對這樣的她靦腆一笑：

「幹嘛那麼見外。我們……不是同伴嗎……我、我才不會那麼輕易放棄優秀的十字騎士呢！」

或許是因為自己說出同伴之類的字眼有點難為情吧，惠惠越說越大聲，像是想藉此蒙混過去。

而對於這樣的惠惠，芸芸表示：

「同伴啊……有同伴真好呢，惠惠！那個，如果身為好朋友的我也碰到相同狀況的話，惠惠會來救我嗎？」

「不，芸芸只是我的好朋友，而且還自稱是我的競爭對手……也不是我的同伴，所以……」

「！」

今天特別強調好朋友三個字的芸芸就這樣被毫不留情的惠惠斷然拒絕了。

「吶，現在不是閒聊的時候吧！快點想辦法解決這個狀況啦！」

領主的部下們一個個逼近過來，試圖包圍聚集在教堂入口的我們。

現在，我們隊上的危險人物惠惠，已經是點燃了導火線的狀態。

在這種狀態下，我想他們應該也不敢衝過來才對……

或許是對於自己的部下一直不敢衝上前去而感到焦急，領主突然大喊：

「喂，在外面圍觀的那些人，看起來就很像冒險者的你們！站在那裡的都是罪犯！快從他們手上把我的新娘搶回來！事成之後，我可以付給你們高額的報酬！不然要我僱用你們，在我的宅邸當守衛也可以！你們可以擺脫領日薪的冒險者生活了！拜託！拉拉蒂娜！搶回我的拉拉蒂娜吧！」

聽領主這麼說，原本等著看好戲的圍觀冒險者們紛紛面面相覷。

然後……

「……？喂，你們沒聽見嗎！我付你們報酬！你們想要多少！」

冒險者們不但動也不動，甚至有人還看向別的地方，有人突然開始打呵欠，假裝沒聽見。

看來大家都打算放過我們。

感謝你們，至少沒加入捉拿我們的那一邊就夠了！

「喂，達克妮絲。就像妳想要一個人打倒多頭水蛇的時候一樣，明明是妳這個蠢蛋冒出愚蠢的想法擅自打算嫁人了事，結果又有這麼多人願意放過妳，想要藉此幫助妳耶。稍微把妳的頑固腦袋放靈活一點，好好反省吧。」

聽我這麼說，達克妮絲開心地紅著臉，微微泛淚，低下了頭。

真是一段佳話啊——……

我知道那些冒險者心裡在想什麼，所以不會對現在的達克妮絲多說什麼不識趣的話。

大家都笑得好開心啊……

接下來這一陣子，只要達克妮絲到公會去……

『拉拉蒂娜大小姐，怎麼今天穿的不是漂亮的禮服呢？』

肯定會被這樣調侃吧。

達克妮絲其實是貴族千金這件事，這個鎮上的冒險者已經全都知道了。

這個鎮上的冒險者們都那麼厚臉皮，說來說去也都和達克妮絲相處那麼久了，事到如今我也不覺得他們會改變態度或感到害怕。

為了避免被颱風尾掃到，在這件事解決之後，還是暫時不要靠近會被調侃的達克妮絲好了。

……這時，在我們被守在教堂前的部下包圍的這段時間內，教堂裡的那些傢伙也已經聚集到這裡來，進入膠著狀態了。

對方也不是笨蛋，既不是來當砲灰的小嘍囉，也不是外行人。

人數也遠比我們還要多，所以大概沒那麼容易越過他們的防線吧。

要是在鎮上使用武器就是完全無從狡辯的罪犯了。

不，我覺得現在也已經是無從狡辯的罪犯就是了。

「唔……！和真，我已經接近極限，快要無法維持魔法了！我可以發出去了嗎？無論如何我們都是罪犯！我也差不多覺得很不耐煩了，可以對著這些傢伙發出魔法嗎！」

惠惠突然這麼說，讓周圍的人都愣住了。

當然，我也是。

「啊啊，我已經不行了，維持不下去了！大家離開我身邊，快逃吧！」

竟然在這種時候失控！

如果這話是惠惠以外的魔法師說的，大家或許還會覺得有可能是虛張聲勢吧。

但是，周圍那些對惠惠已經相當熟悉的人全都一臉蒼白，慌張地逃離現場。

我也趕緊躲了起來……！

「『Explosion』——————！」

惠惠便將爆裂魔法往空中發射。

隨著劇烈的爆炸聲響起，閃光在空中奔流，發生了大爆炸。

爆炸的衝擊波震碎了鎮上的玻璃，附近的人們紛紛抱著頭趴在地上。

「好了，趁現……在……」

耗盡魔力，被阿克婭扶著的惠惠看向我這邊，但不知為何語調越來越低……最後默默盯著我看。

她冰冷的視線，讓我察覺到自己現在的狀態。

現在，我整個人縮了起來，躲在達克妮絲背後……

「和真，再怎麼說，躲在你來救的人後面也太非人哉了吧。」

「……嗯，因為覺得和真今天看起來非常帥氣，我還在擔心是不是自己的眼睛壞掉了，幸好只是錯覺。」

「和、和真先生……太差勁了……」

其實讓我最受傷的，是芸芸最後的那句話。

哎呀，趴在附近的各位圍觀群眾也用看垃圾的眼神看著我呢。

先不管這些了。對手都被惠惠的爆裂魔法嚇到了，現在正是大好機會。

我們突破了領主部下的包圍，正準備就此闖關……！

「爆裂魔法一天應該只能發一次才對！就是現在，抓住他們！」

但是，會被魔法的衝擊嚇到的終究只有一瞬間，領主的部下們這次毫不猶豫地朝我們衝了過來。

被阿克婭背在背上的惠惠大喊！

「芸芸！這裡就交給妳，我先走了！接下來無論我怎麼了妳都不可以回頭，要奮戰到底喔！」

芸芸聽了這番話……！

「笨蛋！我們已經是好朋友了對吧！妳在說什麼啊，我怎麼可能丟下惠惠逃走……妳剛才說什麼！惠惠，之前在紅魔之里我們也曾經碰到同樣的情況對吧！」

芸芸不禁反問惠惠。

「拜託妳爭取時間了，吾之好友！改天我再介紹我的朋友給妳認識！」

「我知道了，包在我身上！我們是好朋友嘛，真是拿妳沒辦法！」

看見芸芸喜形於色的擋住了去路，領主的部下們顯然更加提防她了。

夠了，夠了！如果妳願意接受的話，我也可以當妳的朋友……！

正當我們留下芸芸，拔腿就跑的時候……

「即使是紅魔族，也不過是一個女魔法師！在魔法完成之前抓住她！」

後方傳來領主的部下這麼說的聲音，害我猶豫了起來。

沒辦法，我也留下來絆住他們，讓達克妮絲逃走吧……！

就在我這麼想，準備回頭的時候。

「好痛——！他突然推我！唔啊啊啊，骨頭！我的骨頭——！達斯特，快救我啊——！」

我聽見一個男人放聲慘叫，倒在地上的聲音。

「喂，你還好吧，奇斯！這下糟了……這傢伙摔成粉碎性骨折了，骨頭都碎成粉末了！」

然後又聽見熟悉的聲音和名字。

「啥！我只是輕輕碰了他一下而已耶，你們少誇張了！而且突然衝出來的是那個男的，也是他自己摔倒的！等等，你不是骨折了嗎，為什麼還能抓住我的腳！放開！」

這是領主的部下的聲音。

「喂喂喂！你都把這個傢伙弄成下半身不遂了，該不會是連個道歉都不說就想逃走吧？我不知道你是領主的部下還是什麼，不過你這樣未免也太蠻橫了吧！」

我們一邊奔跑，一邊聽見某個小混混的聲音從背後傳過來。

被惡質的小混混纏上的領主部下們不耐煩地說：

「你剛才說的不是粉碎骨折嗎，什麼時候變成下半身不遂了！真是夠了，別來礙事，閃開！你們繼續礙事的話，等一下吃不完兜著走……！」

我猜，領主的部下大概把那個小混混推開了吧。

「好痛！我對你那麼客氣，你還使用暴力！這個傢伙對我動手了！好樣的，大家上！把這種傢伙幹掉！應該說，我最近才剛被某個貴族整得很慘！我原本就很討厭那些貴族，就拿你來發洩一下心中的鬱悶好了！」

「喂！等等，住手！」

「幹掉他們！」

「幹掉他們、幹掉他們！」

「喂，我也要參一腳！」

「我從以前就不喜歡那個領主！」

「等等！你、你不是骨折了嗎！你剛才明明就說你骨折了不是嗎！嗚哇啊啊！」

我一邊奔跑，一邊往後瞄了一眼。
只見領主的部下們遭到圍觀的冒險者們圍毆。
等到風波平靜之後，再請他們喝酒好了。
「拉拉蒂娜！別走啊，拉拉蒂娜！拉拉蒂娜——！」
最後聽見的，是遠方傳來的悲痛叫聲，呼喊著達克妮絲。

8

「——大、大小姐！您怎麼弄成這個樣子……！先、先進來再說吧！」
成功逃離領主部下追捕的我們，逃到達克妮絲家的宅邸來了。
守衛之一連忙為我們開門。
突然拋下婚禮跑了回來，身上的婚紗又破破爛爛的達克妮絲讓宅邸裡的人大驚失色，但達克妮絲完全沒有理會他們，昂首闊步地前進。
我們三個跟在達克妮斯後面，卻不知道她想去哪裡。
「父親大人，打擾了。」

達克妮絲來到了某個房間前面。

既然她叫了父親大人，就表示……

對喔，我之前潛入的那次，在脫逃的時候打破了她老爸的房間的窗戶。

所以她老爸才換房間過來這裡的吧。

沒有等裡面的人回應，達克妮絲便開門進去。

我心裡想著，貴族家的千金大小姐這樣可以嗎……

但我錯了。

以她老爸的狀態，已經無法好好回應了。

他變得比我之前潛入的時候還要消瘦，眼睛底下有著濃濃的黑眼圈，帶著沉重的呼吸睡在床上。

達克妮絲的老爸聽見聲響，微微睜開眼睛。

達克妮絲，還有我們。

來到她老爸的床邊之後，

她老爸一看見達克妮絲……

「……喔喔，拉拉蒂娜……妳好美啊……簡直就像妳母親一樣……」

便這麼說，然後露出孱弱而溫柔的微笑。

看著自己的父親，達克妮絲歉疚地低下了頭。

「……非常抱歉，父親大人……明明是我自己擅自決定要結婚……卻以最糟糕的方式破壞了婚禮，逃了回來……」

聽她這麼說，她老爸非常開心的彎起眼睛。

「這樣啊……！那真是太好了。別放在心上，也不需要道歉。」

如此表示之後，她老爸看著我說：

「和真，麻煩你過來一下好嗎？」

聽她老爸這麼說，我靠近到床邊。

「……我去外面呼吸一下新鮮空氣。」

很會察言觀色的惠惠這麼說，走到房間外面的走廊上。

……然後有個很不會察言觀色的傢伙，也跟著靠近到達克妮絲她老爸的床邊。

有病人在的時候我也不太想罵人，還是別管這個傢伙了。

達克妮絲她老爸看著我的臉，開心地笑著說：

「……你做得很好。謝謝你。我很感謝你。」

沒必要突然這樣向我道謝吧。

「我只是欠你女兒人情所以還了一次罷了。」

聽我這麼說，她老爸再次露出微笑。

然後，在達克妮絲也在場的情況下，說出很不得了的一句話。

「和真，我把小女許配給你。拜託你了。」

「咦！」

突如其來的發言讓達克妮絲愣了一下。

「我才不要，這算是哪門子懲罰遊戲啊。」

「咦咦！」

聽我這麼說，更讓達克妮絲驚叫出聲。

達克妮絲看著我，一臉有話要說的樣子。

看著這樣的我們，她老爸開心地露出笑容。

……敗給他了。

看來，王國的首席參謀能夠看透我的想法。

我知道啦，與其讓她被奇怪的男人搶走，我會好好照顧她的啦。

或許是看穿了我內心的這種想法吧，她老爸放心地鬆了一口氣。

……看來，他的時間已經所剩無幾了。

「拉拉蒂娜。現在的生活開心嗎？開心到可以讓妳拋棄一切嗎？」

她老爸閉著眼睛這麼說。

對此，達克妮絲立刻毫不猶豫地回答：

「開心。開心到讓我想拋開一切，保護我的同伴們。」

她老爸聽了，滿意地點了一下頭，輕輕說了聲：「這樣啊……」

「拉拉蒂娜。妳儘管選擇自己喜歡的道路。剩下的事情交給我就可以了。即使身體狀況如此，在最後寫點東西總還辦得到。」

達克妮絲依偎到自己的父親身邊，握住他的手。

「我愛您，父親大人。謝謝您將我養育到這麼大……！等父親大人好起來，總有一天，我想請您像以前哄我入睡的時候一樣，再告訴我死去的母親的事情……」

「我也愛妳，我可愛的女兒。好，總有一天，我會再說妳最喜歡的母親的事情……」

達克妮絲熱淚盈眶。

她老爸又說了一次「總有一天」，帶著幸福的笑容回握達克妮絲的手之後……

一個突然出現的魔法陣圍住她老爸的床，光芒接著就籠罩住他的身體。

「『Sacred Break Spell』！」

是那個不懂得察言觀色的孩子施展的魔法。

「啊啊啊——！」

「父、父親大人——！」

突如其來的閃光，讓達克妮絲和她老爸都放聲尖叫。

光芒平息之後，她老爸臉上的黑眼圈消失了，儘管依然消瘦，肌膚卻多了幾分紅潤的色澤。

……呃……

正當眾人都茫然地注視著阿克婭時，她一副要我們誇獎她的樣子，自豪地說：

「是詛咒！這位大叔被相當強大的惡魔施加了非常厲害的詛咒，所以我用我的力量輕鬆幫他解除掉了！」

多虧有這位不懂得察言觀色的女神，達克妮絲的老爸恢復活力之後，依然和自己的女兒雙手互握，凝視著彼此。

「「…………」」

達克妮絲慢慢將握住的手放開，轉過紅到耳根去的臉，看向窗外；她老爸則是拉高棉被，害羞地遮住了臉。

從棉被上緣露出的部分臉頰，也和達克妮絲一樣紅。

……果然是父女啊。

「這樣就沒問題了！達克妮絲，真是太好了呢！達克妮絲的爸爸也是，你要多告訴她有關她媽媽的事情喔！」

阿克婭的聲音聽起來毫無惡意，很是開心。

聽她這麼說，達克妮絲掩著臉蹲了下去。

真是一段佳話啊——……

幕間

惡魔們在深夜嗤笑

「啊啊……可惡！可惡！可惡——！」

位於寢室地下的祕室。

煩躁不已的我在這裡對著一隻骯髒的惡魔出氣。

我一腳又一腳，不斷踢著就連一個願望也無法好好實踐的壞掉的惡魔，馬克士。

「咻——咻——咻——」

被我一直踢的馬克士發出奇怪的聲音，抱著頭縮成一團。

用神器叫出這個下級惡魔之後，我到底和他相處多久了啊？

相處了這麼久的對象，照理來說應該開始覺得可愛了才對，唯有這個傢伙，無論過了多久我還是無法習慣。

「都怪你！如果你這個惡魔更有用一點的話！那個時候……那個時候我的拉拉蒂娜就不會被搶走了！你那種消除矛盾的強制力那麼虛弱嗎！沒用的傢伙！沒用的傢伙！你這個！沒用的傢伙——！」

「唏……咻——咻——因為惡魔的力量在教堂會變弱嘛。更嚴重的是，好像有人解除了詛咒呢，阿爾達普。」

抱著頭縮成一團的馬克士維持著這樣的姿勢，隨口說出了非常不得了的事情。

「詛咒被解開了？你這個傢伙！就連咒殺一個人類也辦不到嗎！」

我一邊大聲怒罵，一邊用力踢飛馬克士。

這個傢伙記性很差，就連有沒有收到代價也會輕易忘記，我也只是因為不需要花本錢而一直利用他罷了……也許差不多該捨棄他了吧？

但是，想搓掉這次的問題，還需要這個傢伙的力量。

再怎麼說，在地方權貴們面前對拉拉蒂娜那樣說話實在不太妙。

都怪我怒上心頭，才會在眾人面前對位階遠在我們家之上的拉拉蒂娜口出惡言。

不過，這下子就能光明正大地處決那個闖進婚禮的可恨小鬼了，倒也不錯。

順利的話，拉拉蒂娜或許會為了求我饒那個小鬼一命而獻身給我。

「馬克士！這次前來教堂觀禮的人，以及聽見我說話的人，在明天早上之前將他們的記憶全都扭曲為對我有利，消除其中的矛盾！聽懂了吧！」

想著明天的事情的同時，我丟下這麼一句話，準備離開陰暗的地下室……

「咻——咻……辦不到啦，阿爾達普，我的力量沒有強到那種程度。」

結果，聽見這句話，我停下了腳步。

……辦不到？

這個壞掉的惡魔，之前從來沒有頂嘴過。

更別說是講出辦不到三個字了，無論我對他有任何要求，扭曲過多少事實，他都沒那麼說過。

然而，這個傢伙剛才第一次表示辦不到。

「……你說辦不到？你是下級惡魔，召喚出你的我最清楚這件事。畢竟你只是這個神器隨機召喚出來的……不過，你沒有權利拒絕。給我動手！管你是辦不到還是怎樣，給我動手就對了！是因為人數太多嗎？扭曲記憶明明就是你最擅長的事情吧！快點給我動手！」

但儘管我這麼說……

「辦不到。光芒……咻——解除了詛咒的強烈光芒在干擾我，所以我辦不到。」

聽那個惡魔又以辦不到三個字拒絕我，讓我頓時暴怒。

「夠了，你這個無能的惡魔！你這個傢伙算什麼，我要和你解除契約，召喚其他能力更強的惡魔！這是最後一個命令！將拉拉蒂娜帶過來……！用你的強制力，立刻將拉拉蒂娜帶到這裡來！事成之後，我將至今為止的代價支付給你！」

馬克士對我這番話有所反應。

「代價？你願意支付代價？」

「沒錯，是真的。當然是真的。只是因為你太笨了，忘記我已經付過代價給你好幾次了。這次我也會確實支付。好了，把拉拉蒂娜帶過來吧。」

說著，我溫柔地勸說這個沒有正常記憶力，被我騙了好幾次的惡魔。

就在這個時候……

「領主大人在嗎？是我。我來為了今天的事情謝罪。能見你一面嗎……？」

這個沒有任何人知道存在的地下室的入口，不知為何突然有人敲門。

為什麼在這個時間點，對方為什麼知道這個地下室，這些問題都不重要！

因為那個聲音，我當然不可能聽錯……！

「拉拉蒂娜！是拉拉蒂娜嗎！很、很好，這樣就對了，馬克士！值得稱讚！太值得稱讚了！我不知道你到底是怎麼辦到的，不過就照我們說好的，我會支付代價！契約也解除了！我讓你自由！啊啊，拉拉蒂娜，我馬上開門！」

「我什麼都還沒做耶，咻、咻——！你會支付代價？你要解除……契約？」

沒有多注意馬克士在說什麼，我急忙打開了地下室的門。

在外面俯視著我的，毫無疑問的，是拉拉蒂娜。

而且，拉拉蒂娜身上穿著相當煽情的性感睡衣，露出平常沒見過的親切笑容，走下通往地下的階梯。

她的打扮、她的笑容，立刻讓我燃起汙穢的慾望。

拉拉蒂娜一臉歉疚，以甜美的聲音低語：

「非常抱歉，領主大人……我要為中午的事情道歉……所以，還請讓我以自己的身體作為交換條件，饒了我的同伴一命吧……！」

這句話讓我理解了一切。

如我所料，這個女人來為同伴求饒了！

我已經忍不下去了！

我長年以來一直想要的女孩，穿成這樣出現在我的眼前。

我甚至無法等待拉拉蒂娜完全走下樓梯，準備來個餓虎撲羊。就在這個時候——

拉拉蒂娜咧嘴一笑，身影隨之扭曲。

然後，出現在原地的……

「呼哈哈哈哈哈！汝以為是拉拉蒂娜嗎？可惜，是吾啊！哎呀，這股負面情還真是強烈至極！美味啊美味！呼哈哈哈哈哈哈！」

是個穿著和馬克士同樣的燕尾服，戴著面具的男人。

「！你、你這個傢伙是什麼來頭。你這個傢伙是什麼來頭！這種令我毛骨悚然的感覺……和馬克士一樣！是惡魔吧！你是惡魔對吧！」

我指著眼前好像是惡魔的男子這麼說，那個面具惡魔便張嘴笑了。

「馬克士！殺了這個骯髒的惡魔！」

我指著面具惡魔，如此大喊。

這個傢伙竟然在我因為沒有成功得到拉拉蒂娜而咬牙切齒，盼望不已的時候變成她現身！

我現在感覺到失望不已！

我絕對、絕對不會原諒這個傢伙！

「……？為什麼我非得殺掉同胞不可？咻……？奇怪？我好像在哪裡見過你的樣子？」

馬克士不聽我的命令，還說出這種話。

這是他第幾次向我頂嘴了？

這個惡魔今天是怎麼了，真的壞掉了嗎？

就在我這麼想的時候，眼前的面具惡魔以令貴族也羨慕的完美動作，做出致上最高敬意的鞠躬。

「吾已經不知道向汝自我介紹過幾百次還是幾千次了。那麼這次也一樣。初次見面，馬克士威爾。消除矛盾的馬克士威爾。扭曲真實者馬克士威爾。吾乃千里眼惡魔，巴尼爾。扭曲真理的惡魔，馬克士威爾啊。吾來接汝了！」

這個壞掉的惡魔不叫馬克士，而是馬克士威爾嗎？

不，他說他是來接馬克士的……？

「巴尼爾！巴尼爾！這是為什麼呢，我覺得好懷念啊！我們以前也在哪裡見過吧？」

「呼哈哈哈哈哈，汝每次見面的時候都會說同樣的話呢！汝的名字是馬克士威爾！來自不同於此處的世界，失去了記憶的吾之同胞啊！好了，回到汝應該待的地方，地獄去吧！」

「等、等一下，等一下！那個傢伙是我的僕人！不准你擅自帶他走！」

我不禁這麼說，卻讓名叫巴尼爾的惡魔笑了出來。

「僕人？汝以為與吾同為地獄的公爵之一的馬克士威爾是汝的僕人？只有狗屎運特別強，傲慢又卑微的男人啊。汝只是運氣好罷了。因為第一個召喚出來的惡魔正好是馬克士威爾，汝才能相安無事。如果召喚出來的是其他惡魔，在召喚出來的瞬間，不具備任何代價的汝早已被碎屍萬段！但是，汝的運氣太好了！什麼都不知道的馬克士威爾！擁有力量，智能卻有如赤子的馬克士威爾！汝能夠爬到今天的地位都是其功勞，汝應該深深感謝他！」

我聽不懂他在說什麼。

我養的馬克士，是地獄的公爵？

不，我能夠晉升到這個地位靠的是自己的力量。

這個壞掉的惡魔的力量根本微不足道。

正當我因為巴尼爾的說法而感到困惑時，那個面具惡魔又揚起嘴角說：

「然後，汝剛才在吾現身的時候，對馬克士威爾這麼說過……『就照我們說好的，我會支付代價！契約也解除了！我讓你自由！』對吧？」

聽他這麼說，我才後悔起自己的疏失。

那個時候，我誤以為是馬克士使用了力量，將拉拉蒂娜叫到這裡來了。

因為我開心到渾然忘我，才會不小心說出那種話。

……對了，這個惡魔說自己是千里眼惡魔。

也就是說，他知道事情會變成這樣，才在這個時機來到這裡。

而他似乎就連我這麼想的思緒也看穿了。

「沒錯，問題在於汝和馬克士威爾之間締結了契約。真是的，害吾做出那麼拐彎抹角的事情。」

……拐彎抹角的事情？

「你、你這個傢伙，你這個傢伙……！你這個傢伙，該不會是！」

「沒錯，事情正如汝所想像！是吾協助那個小鬼償還債款，也把汝的惡行惡狀告訴了他！呼哈哈哈哈哈哈！很好很好，這股負面情感真是太棒了！美味啊美味！」

我握緊顫抖的拳頭。

「你竟敢！竟敢做出這種事情……！你想要這種壞掉的惡魔的話，直說不就好了！你只要表明真實身分和我商量，這樣一來，我一開始就會把他還給你了！根本不需要像這樣拖累整個城鎮，害我顏面盡失……！」

沒錯，如果一開始就知道有個惡魔可以預知未來到這個程度，我也不會做出如此大膽的舉動……！

惡魔對這樣的我說了。

他輕描淡寫地說了非常愚蠢的話。

「因為這樣比較有趣啊！呼哈哈哈哈，真是太精彩了！那真是太精采了！這次就連那個女神也被吾玩弄於股掌之間！儘管在那個流氓女神被叫去婚禮的時候，吾得屈辱地被迫幫那個傢伙孵蛋，不過還是品嘗到極致的負面情感了！渴望著那個女孩，眼見偏愛終於得以實現！然後在差一點就能夠到手的瞬間新娘卻被擄走了！汝當時的負面情感，美味到讓吾不禁覺得就這樣被毀滅也無所謂啊！」

他在說什麼，這個惡魔到底在說什麼啊！

「好了，領主大人。吾已經沒有事情要找汝了。接下來只要將馬克士威爾帶回地獄去，吾就要回到那個無能老闆身邊庸庸碌碌地工作了。」

看來，這個惡魔已經要帶著馬克士回去了。

沒辦法，雖然我之前不知道馬克士是力量那麼強大的惡魔，不過即使沒有他，我一定還是會很順遂。

不過，明天開始該如何是好呢？

今後做了壞事就無法消除證據了。

然而，正當我如此煩惱的時候……

「咻——！咻——！巴尼爾！巴尼爾！回去之前，我得向阿爾達普收取代價才行！他剛才說了，他願意支付代價！」

興奮的馬克士從喉嚨發出笛音似的聲音，興高采烈地這麼說。

糟了，這麼說來我確實也說過那種話。

「我知道了，我知道了。要代價是吧。我付給你就是了，拿了……」

就在我要說出「快滾」兩個字的時候。

一個沉悶的聲音在陰暗的地下室迴響。

我發現那是自己的手臂被折斷的聲音時……

「……咦？啊……啊啊啊啊唔啊啊啊啊啊啊！」

已經是先看見馬克士握住並折斷我的雙臂之後的事情了。

「噫———！噫————————！痛！好、好痛————————！」

因為斷掉的雙臂被緊緊握住，讓我痛得慘叫。

「阿爾達普！阿爾達普！你叫得真好聽啊，阿爾達普！咻——咻———！」

但那個壞掉的惡魔卻說出這種蠢話。

「你做什麼！放開我，馬克士！住手！好痛，快住手！」

聽見我哭喊的聲音，和我相處了很久的這個惡魔，臉上頭一次出現了表情。

原本有如面具一般的冷硬的臉蛋像黏土一樣扭曲，露出滿心歡喜的笑容。

看見這一幕，巴尼爾說：

「呼哈哈哈！馬克士威爾，剩下的回地獄再繼續吧。這個男人得支付給汝的代價之量相當驚人。將這個男人帶回地獄，讓他慢慢支付吧。」

儘管我的腦袋已經因為痛楚而恍惚，也聽得出他這番話的內容相當可怕。

「汝一直以來使役馬克士威爾的代價，根據契約，是必須持續散發出馬克士威爾喜歡吃的負面情感，並且維持一定時間……嗯嗯，汝的生活相當恣意妄為，汝為此根本是叫這個傢伙去做牛做馬了呢……就憑汝所剩的壽命也完全付不清喔。」

聽面具惡魔這麼說，我感到一陣令背脊發涼的恐懼。

顧不得手臂的疼痛，渾身顫抖的我拚命說服那隻惡魔。

「我、我知道了！我之前不應該讓你做牛做馬，是我不對！這樣吧！首先，我龐大的……」

「資產的話，馬克士威爾回到地獄之後，汝幹下的種種壞事全都會曝光，所有財產都會被沒收。之後將交由達斯堤尼斯家管理……並且歸還給那個心想『早知道就不要過度衝動掏出所有財產了，真的叫那個女人用身體償還好了』等等，目前在自家煩悶不已的男人，以及城鎮和國家吧。千里眼惡魔巴尼爾在此宣言——汝已經身無分文了。」

聽他這麼說，我的牙齒開始打顫，差點沒口吐白沫。

我累積的資產，全部……！

「不……」

「不然，帶走我家裡的人來代替我吧，要幾個都可以……是嗎？很遺憾的，請求履行支付義務的對象只限契約當事人！……哎呀，這股負面情感相當不錯，不過絕望並非吾之所好。那種負面情感是馬克士威爾喜歡的滋味。」

聽他這麼說，我渾身上下的顫抖已經止不住了。

「馬、馬馬、馬克士……馬克士……！我、我對你做了很多很過分……很過分的事情。拜託你，救救我好嗎？放過我吧，別看我之前那些表現，我其實不討厭你啊……！是真的！吶，拜託你了，馬克士！」

聽我這麼說，不知為何，巴尼爾只是維持著笑咪咪的表情，沒有訂正我的謊言。

馬克士放開了握著我的手臂的手。

我直接癱坐在地上。

因為馬克士的這種行動，讓我的內心燃起一絲希望，戰戰兢兢地抬起頭來看他。

馬克士開心地笑著。

他的笑容，非常天真無邪。

一直面無表情的這個惡魔，露出了純真孩童般的笑容。

「阿爾達普！阿爾達普！我也是！我也喜歡你，阿爾達普！」

不知道他到底是覺得哪裡好笑，巴尼爾一直看著我奸笑。

和我相處很久的那個壞掉的惡魔臉頰泛紅，繼續說著：

「阿爾達普！阿爾達普！我喜歡你，阿爾達普！帶你回地獄之後，我會一直陪在你身邊喔，阿爾達普！我會一直一直——品嚐你的絕望喔，阿爾達普！」

啊啊，我懂了。

我無論如何都沒辦法喜歡這個惡魔的理由就在這裡。

一直以來，在我的內心深處，一直對這個惡魔未顯露出來的本性抱持著恐懼。

現在，對於在眼前露出笑容的這個傢伙，我已經害怕到不能自已了。

——啊啊，神啊。

「哎呀，汝等是兩情相悅呢，阿爾達普。馬克士威爾是那種奉獻自己，為對方付出的類型，肯定會一天到晚折磨汝的！呼哈哈哈哈哈哈！呼哈哈哈哈哈哈哈！」

神啊，至少讓這個壞掉的惡魔立刻對於折磨我感到厭煩，給我一個痛快的死吧……

聽著面具惡魔的笑聲，我有生以來第一次對神祈禱。

「我會好好照顧你的！和擄來少女，折磨對方之後就會隨便拋棄的你不同，我會好好照顧你，不會讓你壞掉的！咻——咻——咻——咻——！」

終章1 ——歡迎回來！——

事情發生在把達克妮絲綁架回來之後的隔天早上。

「領主失蹤了？」

聽見一大早便回到豪宅來的達克妮絲這麼說，我還懷疑自己聽錯了。

那個開口拉拉蒂娜，閉口拉拉蒂娜的大叔，怎麼會突然不見了？

「對啊，不管他們家的傭人們再怎麼找，都找不到他。」

達克妮絲這番話，害我歪頭不解。

我完全以為天一亮領主的私人軍隊就會找上門來，還為此做好準備了呢。

「不知為何，今天突然冒出那個領主的不法行為及各種壞事的證據，多到令人不敢置信。在王都將交換身體的神器送到愛麗絲殿下手上的，似乎也是領主。大家都說，領主大概是知道紙再也沒有辦法包住火，所以連夜逃跑了吧。」

——原來如此。

「……所以，你們也不需要連夜逃跑了，可以把行李放下來了。」

聽見傻眼的達克妮絲這麼說，我把背上的行李放了下來。

跟在我後面的惠惠和阿克婭，也各自將懷裡的行李放下。

我們原本已經決定好，在各種風波平息下來之前，要找個遙遠的地方種田過活了說。

「也罷，這樣也是好事一樁……喂，怎麼啦，達克妮絲？快點進來啊。」

我如此催促站在門口，遲遲不打算進來的達克妮絲……

但是，達克妮絲一臉苦惱不已的樣子，動也不動。

「怎麼了嗎，達克妮絲？有什麼問題嗎？」

聽惠惠這麼一問，阿克婭「啊！」地叫了一聲。

「對喔，惠惠不是一開始就在教堂裡，所以不知道！妳聽我說喔！達克妮絲被和真買下來了！和真代替達克妮絲清償了債務，結果竟然說妳已經是我的所有物了，要用身體來償還那些錢……！達克妮絲是因為不知道會被和真怎樣，才不敢進來對吧？」

「……啥？」

「喂，我們好好聊一下吧。這樣太奇怪了，有很多地方都太奇怪了。不，妳說的事情都沒錯，但就是有很多地方很奇怪，妳的說法太糟糕了！」

正當惠惠的眼睛閃現紅光，以看垃圾的眼神看著我的時候，達克妮絲搖了搖頭。

「不……不是因為這個。的確，和真在眾目睽睽之下說了要我用身體償還，還說我是超級變態十字騎士之類的話沒錯……」

哎呀，惠惠都開始準備詠唱魔法了耶。

達克妮絲突然低下頭說：

「對不起。這次因為我擅自行動，給大家添麻煩了……真的，連我都覺得自己幹了傻事。希望你們能夠原諒我……」

阿克婭和惠惠見狀，連忙跑到達克妮絲身邊。

「算了啦，妳現在平安回來就好了。我一點也不介意。雖然和真在各種方面有那麼一點損失，但是這個男人的習性就是有了點小錢就不肯工作，所以這樣也好啦。」

「沒錯沒錯，反而要是沒有這件事的話，我也不會去達克妮絲家。沒去達克妮絲家的話，我也不會發現達克妮絲的爸爸身上有詛咒了！……對了，還得找出施加那個詛咒的犯人才行！不過，我懷疑是那個面具惡魔施加的詛咒就是了。以我清如水明如鏡的眼睛看來，絕對不會錯！我們去好好回敬他吧！」

達克妮絲聽她們兩個這麼說，直視著我說：

「我真的欠和真一個很大的人情。你說你拋棄了一切為我籌錢……不過，和真為我支付的那些錢，雖然無法立刻拿回來，但國家將會全額奉還。一旦家父的身體狀況恢復了，就會計算從領主那裡沒收的財產，並且填補那些損失。然而……」

達克妮絲的臉色一沉。

「……然而，你賣掉的那些智慧財產權，已經回不來了。你說過今後想做生意，過安全的生活，可是你的工作已經……」

原來是為了這種事情啊。

「這件事就算了吧。我學會了料理技能，所以可以搞個路邊攤，賣些我故鄉的料理，賺點零用錢…………咦，等一下，錢拿得回來嗎？」

赫然察覺到這件事的我一臉認真地反問。

「沒錯，拿得回來。這次你為我籌的二十億，還有領主宅邸的賠償金、破壞建築物的興建費用也會還給你。畢竟那些都是在保護這個城鎮的過程當中產生的賠償金。照理來說，那些都是治理這個地方的領主應該補足的款項……不過現在仔細想想，當初我為什麼會乖乖接受領主的說法，隨便付錢給他呢……感覺簡直就像是中了催眠似的。還有，領主的惡行惡狀的證據，怎麼會這麼突然就接連冒出來呢……？」

達克妮絲歪著頭，嘴上還說著無法接受之類的話，不過現在根本不是說這些的時候。

先別管這個了！

「二十……二十億耶……！」

竟有此事，也就是說我已經可以一輩子都不用工作了……！

……咦，等一下喔。一天有二十四個小時，而那個服務是三個小時五千艾莉絲。

要是有了二十億，我甚至可以就這樣一輩子活在自己期望的夢想世界當中……？

這時，惠惠和阿克婭緊緊黏到我身邊說：

「今天的和真感覺很那個說，真的非常那個，根本就是個型男。吶，和真先生，我好想幫爵爾帝蓋間豪華的小屋喔！」

「就是說啊，是個感覺很那個的型男呢，我從以前就一直覺得和真是個型男的說。對了，我想要提升魔法威力的魔道具的說。」

「哦，聞到錢的味道就湊過來啦，妳們兩個臭女人！……達克妮絲，妳怎麼了？」

看著我們三個，達克妮絲還是站在門口不動。

「真是的，已經夠了吧。妳之前一直在偷偷幫我們擦屁股對吧？雖然我昨天罵妳幹嘛自作主張，其實還是有點高興啦。而且，這次我也把那個人情給還了。然後，用來還妳人情的錢也會全部回到我手上。這樣就沒問題啦，當作昨天什麼都沒發生過就可以了。」

說穿了，即將回到我手上的錢，金額已經高到讓我不在意其他小事了。

老實說，因為最近一直窩在家裡，我很想預約那個服務，在旅店裡訂最好的房間外宿一個星期左右。

但是，達克妮絲聽見「什麼都沒發生過」之後，臉色又是一沉。

「你的意思是……把我買下來了——這句話你也要當作沒說過嗎？」

聽達克妮絲那麼說，在左右兩邊緊緊黏著我的惠惠和阿克婭便從極近距離盯著我的臉一直看。

……別、別這樣好嗎？

「當然要當作沒說過！該怎麼說呢，昨天發生過的任何事情，讓我們全都忘了吧！」

聽我這麼說，達克妮絲的表情蒙上更深的陰霾。

……咦？

難不成達克妮絲接下來要說什麼「其實我想變成你的所有物」之類的，以她的風格做出奇怪的愛的告白嗎？

背叛了我這樣的期待，達克妮絲一臉泫然欲泣地低著頭說：

「……那個，關於那封信……就是我寫了……請讓我脫離小隊……的那封信……」

……喔喔，原來如此。達克妮絲認為自己已經脫離小隊了是吧。

然後，因為我說要當作昨天什麼事都沒發生，要她以十字騎士的身分獻身賣力的要求自然也不算數……

什麼嘛，害我期待了一下。真是的，這種事情……

「妳在說什麼啊？達克妮絲是我們隊上最重要的十字騎士耶，我們才不會讓妳離開呢。」

「就是說啊，事到如今妳還在說什麼啊？達克妮絲偶爾就會耍笨耶。達克妮絲的棲身之處就只有這裡啊。」

……可惡，被她們搶先了。

但是，達克妮絲在胸前繞著手指，一臉怯懦又不安的樣子，低著頭偷看我。

大概是沒聽見我表示意見就無法放心吧。

這時，在我開口之前，達克妮絲先說了：

「那、那個！我……是個只有耐打可取，連劍也砍不太到敵人的十字騎士……不過……能不能……能不能請您讓我再次加入小隊，成為各位的同伴呢……？」

聽達克妮絲不安地說著不習慣的敬語，我笑著表示：

「那還用說嗎……歡迎回來。」

聽我這麼說……

「……我、我回來了！」

眼角噙淚的達克妮絲似乎鬆了一口氣，露出微笑——

「──和真。可是你其實覺得有點遺憾吧？叫達克妮絲用身體償還的那句話，其實包含了一點情色的意思在裡面對不對？」

關於不會察言觀色無人能出其右的阿克婭將手放在嘴邊，突然帶著奸笑說出這種話來。

這個傢伙在說什麼啊？

「這麼說來，你好像在眾人面前宣告達克妮絲是你的所有物是吧？那是怎樣？那算是愛的告白嗎？不管是聽到芸芸說想跟你生孩子的時候，還是在王都隨隨便便就被愛麗絲收服也好，這次也罷……你這個男人也太好騙了吧。在紅魔之里和我睡在一起的時候明明就想要對我伸出魔爪，現在是怎樣？也太三心二意了吧？振作點好嗎？」

就連惠惠也帶著有點不開心的表情對我這麼說。

……這個傢伙又在說什麼啊？

到底是在嫉妒還是怎樣啊？妳這個傢伙才應該清楚表態吧！我真想這樣對她說。

真希望她可以像後宮動畫裡面的女生一樣表現得更淺顯易懂一點，黏在我身邊就好了。

……這時，達克妮絲變得有點不太對勁。

依然畏畏縮縮的她，不停偷瞄著弄得像是在打情罵俏的我和惠惠，同時開了口：

「……這、這麼說來，之前和真在潛入我家宅邸的時候，也差點和我跨越最後一道界線……」

「「咦咦！」」

達克妮絲不知為何一臉難為情地說出這種不必要的話，惹得阿克婭和惠惠驚叫出聲。

「喂喂，別說了……真的別說了……而且那次明明就是未遂……」

我以虛弱的聲音如此表示，更讓惠惠和阿克婭大喊：

「「未遂！」」

根本自掘墳墓。

「和真，你真的是笨蛋嗎？我和惠惠努力想帶達克妮絲回來的時候，你到底在幹嘛啊？」

「和真，你那次不是去帶達克妮絲回來，而是去夜襲的嗎？你這個男人真是令人失望到極點了！你到底在幹嘛啊！」

這是怎樣？在紅魔之里對惠惠惡作劇的時候也就算了，我這次應該沒有做錯任何事情才對啊。

忸忸怩怩的達克妮絲害臊地說：

「也是啦，與其說是夜襲……其實不過就是在深夜闖進我的房間，在我試圖求救的時候摀住我的嘴並且把我推倒在床上，又在我試圖抵抗的時候封住了我一隻手又壓在我身上……

然後在因為激烈抵抗而衣衫不整的我的肚子上亂摸了一陣罷了。」

「「咦！」」

「喂，等一下！對啦，妳說的都是真的！妳說的都是真的沒錯！」

「「！」」

聽我如此吶喊，惠惠迅速退開。

「我之前就知道和真會以有色眼光看待達克妮絲，但完全沒想到你是個有機會就會伸出魔爪的男人，我真是看走眼了。我原本還以為和真雖然沒出息，在某些方面卻意外真誠呢。我那個時候也不是因為多少對我有點好感，其實只是想洩慾而已吧。只要有個女人睡在你身邊，無論對方是誰都可以對吧，你這個男人！」

請等一下，再這樣下去我會被蓋上最差勁的渣男的烙印。

聽惠惠這麼說完，我正打算辯解時，阿克婭卻繼續追打我……！

「怎麼會這樣，從和真和我還在馬廄裡肩並肩睡覺的時候，這個禽獸就已經對我成熟的肉體虎視眈眈了嗎！」

「這個絕對沒有。」

「為什麼啦——！」

快要哭出來的阿克婭衝過來想掐我脖子，而我一手壓住她的頭時，發現達克妮絲儘管一臉難為情，卻對我露出得意的奸笑。

看來這個女人，是因為我之前在夜襲未遂事件的時候模仿她的嗓音，造成她老家的人各種誤會，打算藉此報復的樣子。

於是，我就對著雙手抱胸，看著我傷透腦筋的達克妮絲……

「…………明明就是妳自己主動問我要不要一起變成大人的……」

如此嘟噥。

「「！」」

「不不不不、不對——！我只是想說既然都要嫁給領主了，不如乾脆跟你……！」

「她承認了！達克妮絲承認是她主動了！我的天啊！那……我還是識相一點，帶著爵爾帝的蛋到公園去曬太陽好了！」

「達克妮絲這樣簡直就是蕩婦！裝出一副悲劇女主角的樣子，結果根本是自己在發情嘛，害我白擔心了！」

「等等……！拜、拜託妳們等一下，妳們等一下！」

被惠惠用法杖前端頂著臉頰一直轉的達克妮絲，帶著怨恨的表情看著我。

看來這個傢伙還想反擊的樣子。

我拉住一邊護著那顆蛋一邊準備快步出門的阿克婭，打算將那件我原本想等達克妮絲安頓下來之後再說的事情，故意提前到現在告訴她。

「阿克婭……我一直有個疑問。這個國家的結婚制度，在戶籍方面的規定是怎樣啊？」

阿克婭回答了突然扯開話題的我。

「怎麼突然問這個啊？首先是在婚禮那天早上，到公所去繳交戶籍遷入的文件，表示兩人要結為夫妻了。然後，大概到中午才會辦結婚……典禮……大概就像……這樣……」

阿克婭似乎發現了我想說什麼。

臉部隨即開始抽搐的惠惠，大概也一樣察覺到了吧。

「……？妳們怎麼突然變得怪怪的？」

只有不諳世事的千金大小姐還跟不上進度。

惠惠試圖安慰她說：

「最、最近離過婚的人也不少嘛，沒關係的！」

聽她這麼說，達克妮絲總算搞懂是怎麼一回事，赫然抬起頭來。

身為貴族千金卻是個超級受虐狂，明明是處女卻離婚過一次。這個傢伙到底還想攬多少屬性在身上啊。

「那個……這樣到底該怎麼算呢？達克妮絲是在婚禮舉行到一半的時候被人擄走的沒錯，但是對方隔天就連夜逃走了，這樣看在一般大眾眼中，反而像是達克妮絲被那個大叔拋棄了吧？」

阿克婭毫無惡意地這麼說，讓達克妮絲抖了一下。

然後，戰戰兢兢的她，不安地抬起頭來，看著站在正面的我的臉……

「算了……戶籍這種東西不重要啦。別在意這種小事嘛…………………失婚妮絲。」

達克妮絲嚎啕大哭起來，背對著我逃走了。

終章2

——艾莉絲與克莉絲——

「——總之，事情大概就像這樣。後來，達克妮絲那個傢伙就一直把自己關在她的老家。所以，我又在策劃要怎麼隻身潛入了。」

位於阿克塞爾邊陲的一間小小的咖啡店。

這裡感覺是間隱藏版的店家，除了我們以外沒有其他客人。

「你真的沒有變耶，像魔鬼一樣壞。你不要一直欺負達克妮絲喔！她看起來強歸強，其實心思很細膩的。」

「我知道，我知道啦。話說回來，克莉絲之前都在幹嘛啊？從王都回到這裡，妳到底花了多少時間啊？」

剛才，我為了從王都回到這裡來的克莉絲說明了這次的騷動。

克莉絲一臉傷腦筋的樣子，抓了抓臉上的傷疤說：

「也沒有啦——就忙東忙西的。我原本已經回到阿克塞爾附近了，結果發生了一些急事就被叫過去了。幫忙各方面收拾善後之後，我總算能夠回到這裡來。」

說完，她趴在桌上，一副很累的樣子。

「被叫過去是什麼意思，到底是被誰叫妳過去的啊？盜賊公會之類的嗎？」

「嗯——該怎麼說呢，人死了之後會有很多事情要忙嘛。」

「……妳在葬儀社打工啊？」

克莉絲沒有回答我的問題，重重嘆了口氣。

「不過，沒想到我們之前在找的神器竟然在領主宅邸裡啊……之前潛入領主別墅的時候，大概是和阿克婭小姐的神器反應混在一起了吧——」

之前，我和克莉絲一起在王都裡尋找兩個神器。

其中的另外一個，好像在領主宅邸的地下室裡找到了。

克莉絲回到這個城鎮來之後，立刻去回收了那個東西。

神器的作用，是可以隨機召喚怪物並使喚之。

領主大叔到底想用那種東西來做什麼啊？

聽完所有說明之後，克莉絲一口氣喝光冷掉的咖啡。

「但不管怎麼說，總之太好了呢。謝謝你救了達克妮絲，助手老弟。」

「不用謝啦，頭目。」

說著，我們同時笑了出來。

「唉……話說回來，還有其他神器得回收呢……吶，助手老弟，我說你啊……」

「先說喔，我很忙的。」

被我先一步拒絕的克莉絲鼓起臉頰，瞪了我一眼。

「打工費……」

「我不缺錢。」

克莉絲一臉傷腦筋的樣子，抓了抓臉頰上的傷疤說：

「真拿你沒辦法。不久之後，我還是會找你幫忙喔。」

說完，她露出柔和的笑容，站了起來……

……奇怪？

她剛才那個笑，還有傷腦筋的時候抓臉頰的習慣動作，總讓我覺得不太對勁。

應該說，我覺得好像不久之前才在哪裡看過……

之前我就有點好奇了。

好奇的點在於，克莉絲在提到達克妮絲和惠惠的時候都是直接叫名字，只有在提到阿克婭的時候會加上小姐二字。

更重要的是，她的名字和那個人很像。

髮色也和那個人一樣，眼睛的顏色也是。

反觀那個人，稱呼阿克婭的時候是叫前輩，提到惠惠時則是會加小姐。

但只有提到達克妮絲的時候是直呼名諱。

我猜，這是因為對那個人而言，達克妮絲是她的好朋友。

——我的動機，只是一點點戲謔之心。

克莉絲站了起來，對我揮手說再見時，我對她說：

「對了，艾莉絲女神。從領主那裡回收的神器，妳拿到哪裡去了啊？」

「喔喔，那個啊。那個我已經施加封印，藏到之前有多頭水蛇沉眠的那個湖底……」

克莉絲……

——不，艾莉絲女神。

她的臉上依然掛著一如往常的柔和笑容，整個人僵在我的面前。

後記

我是會分辨小雞是公是母的小說家，暁 なつめ。

動畫化。

聽說要動畫化了！

所以說，其實有那個和這個跟那個之類的很多事情要向大家報告，不過這些事情全都整理公告在THE SNEAKER WEB網站上，請大家上去看。

這不是在推卸責任，而是後記能夠寫的篇幅有限，我也沒辦法，因為有所謂的優先順序問題，非常抱歉！

所以說，接下來我要報告一件非常重要的近況。

讀者大人寄給我的粉絲信，竟然已經有四封了呀呼——！

或許會有人說「你還特地去算喔？很噁耶！」之類的，不過這只是因為我全都鄭重地保管了起來，所以數起來也很容易罷了。

我相信，鄭重保管粉絲信，沒事就會看著傻笑，大概是幾乎每個作家都有的習性。

抱歉的是，我到現在還無法回信。

應該說，我好歹也是以「寫作」為業的人，字卻寫得比寄粉絲信給我的讀者還要難看，實在是令人笑不出來，所以要麻煩各位等到我把字練得更好看一點了。

現在，我正在看主角是書法家的知名漫畫，所以應該用不了多久，就可以寫出一手好字了吧。

感覺好像有人會罵說「比那個和這個還重要的居然是這種事情嗎」，所以再多提一件。

不久之前，我變成埼玉なつめ了！

簡單來說就是我搬家了。

並不是因為被父母說「找到工作就不是自宅警備兵所以該滾出家裡了」然後就被趕出家門，搬家也只是暫時性的，所以總有一天會回到老家繼續繭居在裡面。

感覺差不多真的會有人罵說「需要砍掉讀者應該比較想知道的動畫情報而寫這些嗎」了，所以接下來要好好宣傳一下。

跟《為美好的世界獻上爆焰！》不同內容的外傳，即將在THE SNEAKER WEB網站上進行短期連載。

這次的主角是業績不振的魔道具店的那個打工人員。

劇情走向，是獨具特色的鎮民去找他商量事情，然後就這樣那樣的故事。

像是某個孤僻女孩交到壞朋友、聽了某個尼特講了水戶黃門的故事之後受到影響的某位公主抱持著期待模仿類似的行為等等，平常比較少成為焦點的角色也將在故事當中大放異彩，希望大家也能夠多多支持。

——所以說，這次也多虧有三嶋くろね老師和以責編為首的各位，本書才能夠順利刊行，真的非常感謝。

最重要的，是拿起本書的各位讀者。

再次向各位致上最深刻的感謝！

暁　なつめ

後記！
賀
動畫化
太好了ー！
(>ロ<*)
笑容滿面的
阿克婭女神！
2015.9
賀
動畫化

NEXT
吶，你們聽我說！
艾莉絲教團居然不顧資深女神的我，打算主辦一個
女神艾莉絲感謝祭！於是我決定了！
現在正是讓得意忘形的艾莉絲教團見識一下
阿克西斯教團的力量的時候！
大家當然也都會
幫我的忙對吧？
!?
雖然不知道妳想搞什麼鬼，
不過阿克西斯教團裡也有姑且還滿
照顧我的人，要我幫忙也是可以。
!!?
身、身為虔誠的艾莉絲教徒，
我不太方便幫忙……
呼……
達克妮絲好過分！算了，
不過克莉絲要代替她
來幫我的忙喔!!
!!!??!?
下一集，阿克西斯教團
VS. 艾莉絲教團！
助手老弟!?
為美好的世界獻上祝福！8
阿克西斯教團 VS. 艾莉絲教團
COMING SOON!!

國家圖書館出版品預行編目資料

為美好的世界獻上祝福!. 7, 億千萬的新娘 / 曉なつめ作 ; kazano譯.
-- 初版. -- 臺北市 : 臺灣角川, 2016.08
面 ;　公分
譯自 : この素晴らしい世界に祝福を!. 7, 億千万の花嫁
ISBN 978-986-473-225-8(平裝)

861.57　　105011115

Kadokawa
Fantastic
Novels

為美好的世界獻上祝福！ 7
億千萬的新娘

（原著名：この素晴らしい世界に祝福を！7 億千万の花嫁）

2016年8月11日 初版第1刷發行
2023年9月22日 初版第12刷發行

作　者：暁なつめ
插　畫：三嶋くろね
譯　者：kazano

發 行 人：岩崎剛人
總 編 輯：蔡佩芬
副 主 編：楊鎮遠
設計指導：陳晞叡
印　務：李明修（主任）、張加恩（主任）、張凱棋
發 行 所：台灣角川股份有限公司
地　址：104台北市中山區松江路223號3樓
電　話：（02）2515-3000
傳　真：（02）2515-0033
網　址：www.kadokawa.com.tw
劃撥帳戶：台灣角川股份有限公司
劃撥帳號：19487412
法律顧問：有澤法律事務所
製　版：尚騰印刷事業有限公司
ISBN：978-986-473-225-8